異世界に来たけど、生活魔法しか使えません 4

Reborn in another world, all I know is daily-life spells.

Rika
梨香
ill.HIROKAZU

これまでの話

私は、ペイシェンス・グレンジャー。日本のＯＬだったのに、目が覚めたら異世界の貧乏子爵の令嬢になっていた。

薄いスープに固くて薄いパン、それに向こうが透けて見えそうなハム。救いは、可愛《かわい》い弟《エンジェル》たち！　ナシウスとヘンリーは天使だよ！

本当に、最初は貧乏で苦労したよ。ただ、私が教会の能力判定でもらった生活魔法、とても役に立ったんだ。生活魔法は庶民も使える人が多いから、少し下に見られているんだけどね。

貴族は一〇歳になったら、王立学園に入学しなくてはいけないのだけど、その制服、親戚のお古！　でも、生活魔法で新品になったよ。古ぼけた屋敷も生活魔法でピカピカに！入学したら、マーガレット王女の側仕《そばづか》えになった。内職しないと、貧乏なグレンジャー家は困るのに！　と初めは嫌だったけど、近頃は関係が変わったんだ。

入学して一年経《た》ち、飛び級して中等科一年になり、マーガレット王女と同級生になった。前から苦手だったマーガレット王女の学友の嫌がらせが激しくなったけど、側仕えの私を選んでくれた。

友達と言うのはおこがましいけど、側仕えだけの関係ではない感じ。

ただ、音楽愛の深いマーガレット王女には悪いけど、錬金術クラブにも入部しちゃったんだ。かなりご機嫌が悪かったけど、なんとか新曲を提供して、ご機嫌をとったよ。

そんな時、キース王子が所属する騎士クラブが問題を起こした。乗馬クラブに馬の世話をさせたり、魔法クラブに練習に付き合わせたり。

本当に、ハモンド部長って嫌い！　初等科は、青葉祭《あおばさい》の騎士クラブの試合に出られないのに、今年から出ても良いとキース王子のご機嫌を取っているんだ。

卒業されたリチャード王子も、キース王子が利用されているのに激怒して、何故《なぜ》か私の屋敷に来られた。

同行したパーシバルと共に、キース王子の学友たちと話し合い、他のクラブの活動を妨げたとして、騎士クラブは廃部することになった。

嵐が吹き荒れたけど、学生の半分の署名を集めて、なんとか新生騎士クラブができて、ホッとしたよ。

さぁ、錬金術クラブで色々と便利な道具を作ろう！　そして、それを売ってお金儲《もう》けをしたいな。

だって、まだグレンジャー家は貧乏なんだもの。

来年にはナシウスも王立学園に入学する。制服は、親戚のお古を新品にするけど、シャツや下着は新しいのを用意したいんだ！　お姉ちゃん、頑張るよ！

第一章　錬金術クラブであれこれ作ろう！

金曜は王宮行きだったから、錬金術クラブには行かなかったよ。だから、家で作りたい物リストを作ったんだ。説明だけではわかりにくい物もあるから、図も描いたよ。あれこれ描いていたら、ピンと閃《ひらめ》いた。

「あっ、これなら魔石も要らないから、家でも使えるよ。それに、二回使えるから節約になるね！　あっ、でもこれは錬金術にならないのかな？　カエサル部長に聞いてみよう！」

欲しい物リストの図は、説明する為《ため》だから大雑把に描いていたが、これはしっかりと考えて大きさとかも書き込む。

「うん、確かこのくらいの大きさだったよね。それと、これを入れるカバーは作っておこう」

屋根裏部屋の要らない布でカバーを作る。早く錬金術クラブに行きたくてうずうずするよ。弟《エンジェル》たちの為の魔法灯はとても喜ばれたけど、魔石がなくなったら点《つ》かなくなる。今回の魔石は錬金術クラブからもらったんだ。アイデア料だとカエサル部長は言っていたけど、毎回はもらえないものね。

頑張って陶器の絵付けの内職をいっぱいするよ。これは初めから生活魔法でバンバン絵付けする。

「あれっ、これはコピーだよね？　もしかして魔法陣の内職できないかな？　魔法灯を作る工房に魔法陣を売るのってどうすれば良いのかな？」

取り敢《あ》えず、白磁のティーセットに細密画を絵付けして、ワイヤットに取りに来てもらう。

「お嬢様、お早いですね。そんなに根を詰めなくてよろしいのに」

いつもの倍はできているから、ワイヤットに心配されたよ。

「ねぇ、ワイヤット。私は魔法灯の魔法陣が凄《すご》く早く描けるのよ。誰か魔法灯の工房に知り合いはいないかしら？」

ワイヤットは弟《エンジェル》たちの部屋の魔法灯と、私の部屋の魔法灯を見ている。ハッと何か思いついたのか微笑《ほほえ》む。

「さようですね、私の古い知り合いを訪ねてみましょう。ですが、無理をなさらないようにして下さい」

これで内職が増えた。もう、靴下のかけつぎはパスだよ。工賃が安すぎるからね。

今は学園では刺繍《ししゅう》の内職に励んでいる。嫁入り支度に名前入りのナプキンや枕カバーやハンカチは山ほど持っていくそうだ。メアリーと二人で受注してはチクチク刺繍しているよ。これは見た目よりも難しいんだ。裏も綺麗《きれい》に刺繍しなくてはいけないからね。その分、工賃は高くなる。それに刺繍屋さんと繋《つな》がりを持ったメアリーに刺繍糸を格安で買ってきてもらえる。これでナシウスの制服の見返しに紋章と名前を刺繍するんだ！

それと刺繍のマクナリー先生から絵画刺繍を習っていて、それが習得できたら、かなり高値で売れるみたいなんだ。だって普通に刺繍したら一年はざらにかかるからね。今はテクニックを色々と習っているから、生活魔法を使わないように気をつけているよ。つい使っちゃうけどね。

マクナリー先生曰《いわ》く、これを嫁入り道具にするのが前は流行《はや》っていたんだって。家の嫁はこんなに刺繍が上手《うま》いのだと見せびらかす為に飾るそうだ。実際に下手《へた》だとバレたらどうなるんだろう。まぁ、メイドにやらすとか抜け道はありそうだよね。で、今でも花嫁道具に自分ではしないけど、こっそり買う人は絶えないそうだ。頑張るぞ！

楽しい土日はすぐに終わっちゃう。なのに、何故その貴重な日曜に苦手な乗馬をしなくちゃいけないんだろう。それに、ヘンリーそんな高い障害を跳んだら転《こ》けないの？　冷や冷やして心臓に悪いよ。

「お姉様、見ていましたか？」なんて言うけど、目を瞑《つむ》っちゃったよ。

「ヘンリー、大丈夫ですか？」心配で堪《たま》らない。

「今度は私の番ですね」ええええ、ナシウス！　やめておいた方が良くない？

「大丈夫だ！　跳んでみろ」おい、サミュエル、いい加減なことを言うんじゃないよ！

怖くて見てられないよ。でも、ナシウスも跳んだようだ。

「お姉様、跳べましたよ！」と叫んでいる。

お姉様業は大変なのだ。心臓もつかな？

「ペイシェンス、もう練習しないのか？」

サミュエル、余計なことを言うと出入り禁止にするよ。少しだけで十分なんです。

「私はそろそろ寮に行く支度をしないといけませんから」

サミュエルが土日に時々遊びに来て良いかと尋ねるから、良いよと答えたんだ。ナシウスとヘンリーが従兄弟《いとこ》と遊べるのを喜んでいるからそれは良いんだ。でも、私に乗馬を強要はさせないよ！　錬金術クラブで絶対に自転車を作ってもらおう！　あっ、でも自転車の仕組みを思い出さなきゃ。まずはあれからだね！

サミュエルと乗馬訓練を続けている弟たち《エンジェル》とあっさりとした別れのキスをして、私は寮へ向かう。うん、段々とお姉ちゃん離れしていくんだね。悲しいけど、それが成長なんだ。腹が立つから今度からはサミュエルにもキスしてやろう。きっと嫌がるぞ！

なんて馬鹿なことを考えているうちに学園に着いた。

メアリーを帰したら、コートを着て温室だ。今回は土曜に水をやっていないから、少し心配だったけど、大丈夫そうだ。水を浄化して、私の畝《うね》にやっておく。他の畝にはやらないよ。マキアス先生に叱られるからね。

寒いから急いで寮に帰る。暖炉の火が心地よい。このままソファで寝そべって本を読みたい気分だけど、お行儀良く座って読む。

でも、パーシバルに言われた外交官への道の可能性が頭の中でぐるぐる回って集中できない。だって外交官なんて凄く格好良いし、憧れの職業だったんだもん。ただ異世界の外交官が前世のと同じだとは思えない。外国には行ってみたいけど、魔物とかもいるし危険なのかな？

なんて考えていたらマーガレット王女が来られたようだ。今回はゾフィーに呼ばれる前に気づいたよ。

マーガレット王女はキース王子の騎士クラブの問題が解決したので、王妃様も機嫌が良かったと言われた。それは金曜に王宮に行った時も感じていた。キース王子は王妃様にあまり心配をかけない方が良いよ！

月曜は外交学、世界史が午前中だ。パーシバルの発言のせいで外交学と世界史には燃えちゃうよ。でも、午後からの錬金術Ⅱの時間は錬金術クラブに行く予定だ。だって、あれを作りたいんだもん。でも、あれは錬金術と言えるのか不安だ。きっと錬金術を利用すればできるのがわかる。前世では錬金術なんかないから金属加工で作っていたんだよね。

今日も何故かフィリップスが外交学と世界史の教室にまで案内してくれた。ホームルームのカスバート先生のやる気のなさぶりをラッセルたちと話しているが、私は脳筋の先生には興味なかった。でも、話を聞いていると男子学生には切実な問題のようだ。体育の先生だからね。

「元々、カスバート先生は魔法使いコースや文官コースを選んだ学生には厳しいのに、今回の件で恨みを買ったからなぁ」

ラッセルはどうやら署名拒否したようだ。

「お前は乗馬クラブだからな。それは署名拒否するのも当然だろう」

へぇ、ラッセルは乗馬クラブなんだね。

「ラッセル様、従兄弟のサミュエルが入部したのでよろしくお願いします」

ラッセルは、あの子かぁと笑う。

「あの四人組の一人だな。音楽クラブと掛け持ちしているから、少し気をつけておくよ」

そういえばフィリップスは何かクラブに入っているのだろうか？

「フィリップス様は、クラブ活動はされていないのですか？」

何故かラッセルがプッと吹き出す。

「ラッセル、失礼だな。歴史研究クラブは伝統あるクラブなんだぞ」

へぇ、そんなクラブもあるんだね。そういえば前世にもあったな。土器とか遺跡とか研究するクラブだよね。

「そんな滅びた帝国の遺跡を見学して何が楽しいのか私にはわからないよ。フィリップスは乗馬もそこそこ上手いから、今からでも乗馬クラブに入らないか？」

あらあら、ここでも勧誘合戦が始まるの？

「いや、歴史研究クラブは人数がぎりぎりだから抜けるわけにはいかない。それどころかラッセルやペイシェンス嬢に入ってもらいたいぐらいだ。どうですか、帝国が滅びた理由を検証するのは面白いですよ」

私はもう手いっぱいだ。

「音楽クラブと錬金術クラブに入っていますから、歴史研究クラブは遠慮しておきます」

ラッセルの乗馬クラブへの勧誘は考えるまでもなく断ったよ。

「乗馬は苦手なのです」

フィリップスは「お淑《しと》やかな令嬢だから仕方ありませんよ」とフォローしてくれたが、それを聞いたラッセルは爆笑した。

「普通の令嬢は錬金術クラブなんかに入らないと思うぞ」なんて酷《ひど》いよね！

「それにしても乗馬クラブは人数が多いから勧誘の必要はないと思うのですが、何故ですか？」

ラッセルは苦虫を噛《か》み潰したような顔をした。

「今回の騒動で退部したメンバーも多いし、君の従兄弟と友達は入部してくれたが、入学直後の新入生勧誘に失敗したのだ。このままでは予算が削減されてしまうのさ」

フィリップスが羨ましそうな顔をする。

「予算かぁ、うちには雀《すずめ》の涙しか出ないからなぁ」

「そりゃね、人数が少ないからな。でも乗馬クラブは馬に飼葉をやらないといけないし、馬場の整備や、厩務員《きゅうむいん》の賃金もいるからな。このままだとクラブ費を値上げしなくてはいけない」

私はドキンとした。音楽クラブのクラブ費なんか払っていない。もしかしてマーガレット王女が私の分も払っているの？　それに錬金術クラブのクラブ費、払わなきゃいけないなら入れないよ。なんだかわさわさする。知らないうちに借金しているみたいだ。

外交学も世界史も外交官になるには必要な科目なのに、私は知らないうちの借金問題で頭がいっぱいで上の空で授業を受けてしまった。失敗だな。お金に弱いのは欠点だよ。

昼食の時にマーガレット王女に聞こうかと思ったが、お金のことを口にするのが憚《はばか》られてできなかった。でも、錬金術クラブなら聞ける！　私は錬金術クラブに急ぐ。とはいえ、ペイシェンス歩くのが遅すぎるよ。

「ご機嫌よう」と既に錬金術クラブで何やら頭をくっつけて考えているカエサル部長とベンジャミンに挨拶する。

「おお、ペイシェンス、金曜は来なかったから、洗濯機を少し進めていたのだ。良かったよな？」

洗濯機は勝手に作ってくれても良いよ。

「カエサル部長、少しお話があるのですが……」

私はクラブ費について質問しようと思って、できればカエサル部長と二人で話したかったのだ。

「ペイシェンス、わかっている。洗濯機が出来上がった時の特許の取り分についてだよな。錬金術クラブでは一応規則があるのだ。前に揉《も》めたからな。ほら、読んでくれ！　これに不満があれば、話し合おう」

ガサゴソと一冊の冊子を戸棚から取り出した。

「そうだ、この規則を読んで異議がなければ、署名してほしい」

錬金術クラブ規則を渡されて、読んでみる。錬金術クラブで作り出した魔道具で特許が取れた場合の取り分が書いてある。まずは錬金術クラブに一割。結構多いよね。アイデアを出したメンバーに三割。えっ、そんなにもらえるの？　魔法陣を考えたメンバーに三割。魔道具のほとんどは魔法陣で動くからね。あとはメンバーに頭割り。

「ペイシェンス、錬金術クラブは今までの魔道具の特許の一割で活動費を賄っている。だから、お前も寄付に協力してほしいのだ」

それは良いのだ。

「カエサル部長、私はアイデアだけで魔法陣を作るのも無理だし、機械仕掛けを考えるのも苦手なのに、残りの頭割りまでもらって良いのですか？　それとクラブ費はいくらなのでしょう？」

一気に質問しちゃった。カエサル部長、呆《あき》れているかな？

「ペイシェンス、そんなに期待させて悪いが、そこまで儲かるとは限らないのさ。魔道具を買って使うより人件費の方が安くつくと考える人の方が多くてな。だから、これは保険だな。儲かった時に揉めない為だ」

少しがっかりしたが、まぁ、確かに異世界の人件費安いよね。洗濯機を買うより、下女を雇った方が安上がりなのかも。

「なら洗濯機を作る意味はないのですね」

ガッカリしていたら、カエサル部長とベンジャミンの熱弁に圧倒された。

「何を言う！　今は実用性がなくても、この洗濯機が役に立つ日がいずれ来る」

「そうだぞ！　いつかは錬金術が世界をより良く変えるのだ！」

「はい、でクラブ費は？」

カエサル部長は「前の先輩たちの寄付でクラブ活動費は賄えている。だからクラブ費はなしだ」と事もなげに言う。

えっ、それはちゃんと特許で儲かった魔道具があるってことだよね！　よっしゃ、やる気出たぞ！

「カエサル部長、魔石を使わない物は作っては駄目でしょうか？」

サッサと署名をして、あの『湯たんぽ』の絵を見せる。

「これは何をする物なのだ？」

「わかったぞ！　投げて遊ぶんだな。だが、それだとラッフルと似ているな？」

ブッブー！　二人とも間違いだよ。

「これは夜寝る前にこの『湯たんぽ』の中に熱いお湯を入れて、このカバーにくるんで、ベッドの布団の中に入れるんです。そしたら暖かくて熟睡できるのですよ」

二人の反応はもう一つだ。

「その上、この湯たんぽの中のお湯は朝の洗面に使えるのですよ！　二回使える画期的な発明なのです」

なんだか、私一人で興奮しているようだ。それより、湯たんぽではなく、欲しい物リストを勝手に見て騒いでいる。

「そんな変な物より、こちらの図はなんだ！」

アルバート部長と同じだ。新しい魔道具のアイデアに飛びついているよ。

「カエサル部長、この湯たんぽを作って良いですか?」と許可を取ったのは良かったが、欲しい物リストの説明で三時間目は終わってしまった。残念! やはりわさわさするよ!


次の薬草学はベンジャミンと温室だ。

「わっ、これは枯れているのか?」

うん、元気がない状態を通り越しているね。

「水をやるのをサボるからさ。もう、そこまでいったら望みはないよ。サッサと引っこ抜いて、肥料を漉《す》き込みな!」

ベンジャミンだけでなく、ブライスもアンドリューの下級薬草も絶望的だ。でも、他の畝の下級薬草も元気がない。

「ペイシェンス、お前は上級薬草の種もいるかい? そちらの下級薬草の種はもう少しで採れるよ」

マキアス先生の言葉に温室中から羨ましそうな視線が集まる。そう、私の畝の上級薬草もわさわさと茂っているのだ。それに種を採る為に残した下級薬草には小さな黄色い花がびっしり咲いている。まるで前世のブタクサみたいだ。

「ええ、上級薬草の種も欲しいです」

二株残して上級薬草を引っこ抜く。上級薬草は薊《あざみ》みたいに葉がチクチクする。

「これも売り物になるよ。お前さん、薬師になると良いよ。これで薬草学Ⅱも合格さ。薬草学Ⅲもこのまま受けるかい？」

下級薬師になれるかも！　勿論《もちろん》、薬草学Ⅲを受けるよ。

「はい、お願いします」

ケケケとマキアス先生は笑う。

「お前さんは野心家だね。でも、座学は薬草学Ⅰ、薬草学Ⅱ、薬草学Ⅲのテストを受けないといけないよ。まぁ、教科書をよく読むんだね」

あっ、五月からの座学を忘れていたよ。それからまた肥料を漉き込み、今度は毒消し草を植える。

「毒消し草は気難しいよ。でも、これで作る毒消し薬は、腹下しに効くし、弱い毒なら効くから、よく売れるのさ。でも、冒険者から買って作ったんじゃ、儲けは少なくなるからね。ここまで栽培できたら下級薬師になれるさ」

紙に包まれた毒消し草は種が本当に小さくて細かった。風が強ければ飛んでいきそうだ。

「これは一粒ずつ、土でくるんで植えるのさ。まぁ、二粒になろうと構わないがね。その土と混ぜる水もしっかり浄化するんだよ」

外にあるビーカーに土を入れて「綺麗になれ」と唱え、浄化した水を少しずつ混ぜる。

「あまりドロドロにするんじゃないよ。種をくるまなきゃ駄目なんだからね」

小さな泥饅頭《まんじゅう》を作る要領だ。子どもの頃、よく作ったよ。私はまず小さな泥饅頭を二〇個作った。そして、一度手を洗う。そして、小さな泥饅頭に小さな種を埋め込んでいく。

そうしないと、小さな種を持って泥饅頭を作っていたら、種が行方不明になりそうだと思ったのだ。それに二個目からは手がどろどろだから、小さな種を摘《つま》みにくいよ。

「ペイシェンス、なかなか賢いね。さぁ、植えてみな」

畝の両端には花が咲いた下級薬草が二株、上級薬草が二株残っている。その間に植える。

「植えたら、水をやるんだよ。勿論、浄水さ。で、ここからが難しいんだ。魔力が大好物だからね。ほぼ魔力だけで育つと言って良いんだが、そのくせ多く与えすぎるとひょろりと茎だけが伸びて葉っぱも赤くなるし、花は咲かない。これは失敗だからね。この毒消し草は、緑の葉っぱと花が必要なんだ」

それは難しいな。魔力が好物なくせに与えすぎては駄目なんだ。

「マキアス先生、では魔力を込めた浄水だけでは育たないのですか？」

マキアス先生はチッと舌打ちをする。

「一度失敗した方が良いんだよ。他の奴《やつ》らに教えるんじゃないよ。お前さんは毒消し草に生活魔法をかけるんじゃないよ。水にだけ魔力を込めてやれば良いのさ」

うん、意地悪な魔女の婆《ばあ》さんだ。魔力が好きだけど、毒消し草に直接魔力を注ぐと大きくなりすぎて葉っぱも赤くなる。でも、水にたっぷりと魔力を注いでからやるのは良いみたいだ。

薬草学はなんとかなりそうだ。嬉《うれ》しい！　これで薬学Ⅲを合格して、下級薬師の試験に合格できたら、食い扶持《ぶち》に困らないんじゃない？　ロマノ大学で薬学を学べば中級薬師なのかな？　要チェックだね！

なんて取らぬ狸《たぬき》の皮算用をしていたんだ。私はマキアス先生の腹黒さを見誤っていたよ。火曜の朝、マーガレット王女を起こす前に起きて温室に来たら、ニョキニョキ茎が伸びていた。でも、まだ短いのか？

「これは失敗なの？　それともこれから葉っぱが出てくるの？」

嫌な予感しかしない。でも、一週間はこのまま続けるしかないのだ。

「水に魔力を注ぎすぎたのかも？」

昨日はたっぷりと魔力を注いだ水をやった。その結果、茎が伸びすぎた。なら、今日は魔力を少しだけ込めた水をやってみよう。

それからというもの、私は毒消し草に振り回された。水に魔力を少ししか込めないと、ぐったりとするのだ。

マーガレット王女から、私が音楽クラブで上の空だったと叱られた。あっ、クラブ費のことを聞くのも忘れていたよ。

「マーガレット様、音楽クラブのクラブ費についてですが……」

マーガレット王女はキョトンとしている。

「クラブ費？　それは何かしら？」

えっ、知らないの？　それともクラブ費って集めてないのかな？

「私は今までクラブ費とか知らなかったのです。ラッセル様が乗馬クラブのメンバーが減って、予算が少なくなりそうだからクラブ費を上げなくてはいけないと話していて、音楽クラブはどうなっているのか心配になって。マーガレット様に払ってもらっているのなら、困るなぁと……」

マーガレット王女は「困るな」と私が口にした時、眉を少し上げた。

「ペイシェンス、貴女《あなた》は私の側仕えなのだから、もし音楽クラブ費が必要だとしたら私が払います。それは当然なのよ。そして、木曜の上級食堂《サロン》の代金もね」

どうやら音楽クラブはクラブ費を集めていないようだ。

「錬金術クラブは先輩たちの寄付で活動資金を得ているようですが、音楽クラブはどうしているのでしょう」

あの優雅な椅子とか楽器とか高価そうな物ばかりだよ。

「楽器は前からあるのと、クラブメンバーが持ってきたのとかで十分でしょう。備品は前のメンバーが置いていったのだと思うわ。私も卒業する時は、この部屋の椅子とか寄付するつもりよ」

音楽クラブは推薦がないと入れない。つまり上級貴族の学生しかいないのだ。クラブ費なんて必要ないわけだ。

「青葉祭や収穫祭の時に楽器を運搬するのはどうなっているのでしょう？」

学園の下男などが運んでいたが、音楽クラブの手伝いをタダでしてくれるのかわからない。

「さぁ、きっと部長がチップをあげているのでしょう」

メリッサ部長やアルバート部長ならチップに困らないのだろう。そして、マーガレット王女が部長になっても困りそうにない。つまり、音楽クラブで貧乏なのは私だけなのだ。サミュエルもお金持ちっぽいしね。考えるのが嫌になったよ。


水曜の三時間目は薬学Ⅲだ。今日はあの手強《てごわ》い毒消し草で毒消し薬を作る。ベンジャミンやブライスはまだ下級回復薬に手間取っている。あともう少し丁寧に洗ったりしなくては、合格はできないみたいだ。

「ペイシェンス、毒消し草は順調かい？」

ケケケと笑われて、ムッとするよ。あれから図書館で毒消し草についていっぱい調べたんだ。

「マキアス先生、毒消し草に魔力を与えてはいけないと薬草図鑑に書いてありました。それに肥料も与えすぎてはいけないとも」

上級薬草を抜いた後で肥料を漉き込ませたのだ。

「やっと調べたんだね。私がなんと言ったか忘れたのかい？　一度失敗した方が良いんだよ。調べたのなら、やってみな。でも、今は薬学の時間だよ。ほら、こんな風にむっちりとした葉っぱになるように育てるんだよ。花も使うからね」

私の畝の毒消し草とは全く違う。前世のドクダミみたいな少し癖のある匂いがする毒消し草を手に取る。

「これを綺麗に洗って、葉っぱだけ細かく刻むんだ。花は別にしておくんだよ」

これも嘘《うそ》ではないかと疑うが、教科書にも刻むと書いてある。相変わらず葉っぱだけとは、書いてない。花も刻んじゃいそうだよね。

「そのくらい細かければ良いさ。それを浄水で煮込む。半分ぐらいになったら花を入れて火から下ろすんだよ。あとはその間、ずっと魔力を注いでおくことを忘れるんじゃないよ」

毒消し草の栽培で嘘をつかれたので、教科書を読みながら毒消し薬を作る。花を後から入れるとは書いてなかった。でも、この教科書は初めから不親切だったので、一応はマキアス先生の言う通りに作る。

「うん、上手くできたね。薬学Ⅲも合格だよ。仕方ない、修了証書をあげようね」

瓶に入れた毒消し薬をマキアス先生は手に取ると笑った。

「何故、毒消し草は魔力で育つと言われたのですか？」

マキアス先生はケケケと笑う。

「毒消し草は魔力でも育てられるのは本当だよ。凄く難しいがね。少しでも多く与えると茎が伸びすぎてしまう。まぁ、浄水だけで育てるのが一般的さ。お前さんなら魔力を調整して育てられると思ったんだけどね」

意味がわからない。浄水だけで育てた方が簡単だ。それに図鑑でも魔力を与えてはいけないと書いてあった。

「魔力で育てた毒消し草は何か違いがあるのですか？」

マキアス先生はケケケと笑って答えない。でも、何かありそうだ。それも嘘なのか？

今度は図鑑ではなく、薬草学の専門書で調べる。何冊読んでも、魔力を与えてはいけないと書いてある。

「やっぱり浄水で育てるのが正解なんだわ」

諦めかけたが、何か気になる。徹底的に調べよう！

「あっ、ここの毒消し草の育て方は……魔力を葉の芽にだけ注ぐと分厚くて表は緑、裏が紫の葉になる。慎重に葉の芽にのみ魔力を注ぐと効能の高い毒消し草が育つ」

温室に行き、毒消し草の葉っぱの芽を見つける。茎から葉っぱになろうとしている小さな芽だけに魔力を注ぐ。ほんとに慎重に根気良くしなくてはいけない。それに時間もかかる。

「本当に毒消し草は気難しいわ！」

ムッキーと叫びたくなった。

木曜の二時間目は料理が免除なので温室で毒消し草の芽に魔力をほんの少しずつ注いでいく。こんな細かい作業は初めてだ。それに多く注いでもいけない。油断すると茎にまで魔力がいってしまいニョキと伸びるのだ。二〇個の種を植えたので、その一本に何か所か小さな芽がある。チマチマとした作業を終えたら、腰を伸ばす。

「これを毎日しなくてはいけないのかしら？　土曜の朝は早起きしないといけないわ。メアリーが迎えに来る前に済まさないとね。日曜も少し早めに来ないと駄目かも」

芽にだけ魔力を注ぐのは魔力の制御の良い訓練になりそうだ。これまで大雑把な生活魔法を使っていたのを反省する。

茎がニョキとしていた毒消し草だけど、葉っぱが出てきて、少しは薬学で使った毒消し草に近づいているように思える。

「頑張ってマキアス先生を驚かそう！」

なんて思ったけど、あの先生は手強そうだ。それに毎朝見回りをしているなら、私のしていることぐらい知っているよね。

『カラ～ン、カラ～ン』昼食の鐘だ。

土をいじったので生活魔法を全身にかけた。上級食堂《サロン》へ行かなきゃいけないんだろうけど、やはりマーガレット王女がいないのにあそこで食べるのは気が引ける。

「学食で十分ですもの」

音楽クラブ費の件で話した時、マーガレット王女には木曜も上級食堂《サロン》で食べるようにと言われたのだ。あの時にちゃんと話し合うべきだったと反省！　先週は学食で食べようとした時にバッタリとキース王子に会って連れていかれたのだ。

「キース王子は、午前中は座学だよね。なら、早く上級食堂《サロン》に来られるわ」

こんな時、初等科の時間表が三年間同じなのは便利だ。実技だと着替えや教室移動に時間がかかるけど、座学なら少し時間をずらせば良いと思った。それにペイシェンスは歩くのが遅いからね。温室から歩いて学食に着く頃にはキース王子たちは上級食堂《サロン》で食事をしているだろう。

「ペイシェンス、遅いぞ！」

えっ、なんでキース王子が上級食堂《サロン》への階段の下にいるの？

「どこへ行っていたのだ？」

まさか、私を待っていたの？

「薬草学の温室へ行っていました。まさかお待ちだとは思っていませんでした。申し訳ありません」

私の謝罪など気にもとめず、さっさと階段を上がる。

「キース王子はペイシェンス様が学食にもいらっしゃらないから心配されていたのですよ」

ラルフに言われて驚く。何を心配することがあるのかわからない。

「木曜の二時間目の料理は免除だから、錬金術クラブに入り浸っているのかと思ったのだ」

キース王子は錬金術クラブがそんなに嫌いなんだね。人のクラブ活動に文句をつけないでほしいな。私はキース王子の騎士クラブに文句つけてないじゃん。

「今は毒消し草の栽培で大変なのです。あの毒消し草は本当に気難しくて厄介ですわ」

まるでキース王子みたいだよ！　とは口にしなかったよ。でも、キース王子の眉が少し上がった。失言レーダーに引っかかったのかな？

「それより、マーガレット王女は何を食べておられるのでしょう？」

おお、ラルフはナイスフォローだよ。

「この前はハムステーキだと言われましたわ」

ハムを切って焼くだけだ。どうやって失敗したのか理解不能だ。今日はなんだろう？

「それなら美味《おい》しそうだ」

キース王子の気も逸《そ》れたようだ。やれやれ。

「マーガレット様の苦労を考えるとここで食べるのは気が引けますわ。次回からは下で食べます」

やっと言ったよ！　これで木曜はフリーだ。となるはずだったのに、何故かキース王子は頑固に言い張る。

「私は姉上から一緒に食べるようにと言われたのだ。だから約束を違《たが》えることはできない」

そんな頑固なことを言わないで良いんじゃない？　学友と三人で楽しく食べなよ！

「そうだ、ペイシェンス様は修了証書を何科目も取ったのですね。キース王子は中等科になったら二コース選択される予定なので、どの科目の修了証書を取れば良いのか迷っているのです」

ヒューゴ、私が反論しようとしたのを止めたの？　えっ、私って地雷扱《キース》いなんですか？

マジで？

「国語、数学、魔法学は簡単だと思います。春学期の期末テストでも先生に言っておけば六年のテストが受けられます」

一年の時、歴史と古典は飛び級していなかったから外したよ。あとの実技は、ダンスはもう取っているし、音楽と美術も取れそうだよね。

それからは三人が魔法実技と体育の修了証書を頑張って取ろうと話すのを聞きながら黙って食べた。うん、私がこの席にいる意味ないよね。本当にキース王子の古典が苦手なのは痛い。きっと本気になれば歴史は飛び級できそうなんだもの。そしたら、魔法実技が飛び級か修了証書もらえたら、初等科三年に学年飛び級も可能なんだよね。

サミュエルも期末テストの古典は大丈夫だろうか？　なんて考えていた時、ふと良いアイデアを思いついた。サミュエルは音感に優れている。デーン語は古典に似ている。デーン語を習えば、古典への苦手意識がなくなるんじゃないかな？　試してみよう！　サミュエルは音楽が好きだから、デーン語の歌とか良いかも。

キース王子ときたら、自分たちが勝手に話すのは良いのに、私が他のことを考えているのは妙に察知するんだね。

「ペイシェンス、何を考えているのだ？」

正直に答えるべきなのかな？　キース王子も苦手な古典の話なんだけど……まぁ、良いか。

「私の従兄弟のサミュエルも古典が苦手なのです。春学期の期末テストで苦労しそうだと心配していたのですわ」

古典と聞いただけでキース王子の眉が上がる。もう拒否反応が出るほど嫌いなんだね。

「お前の従兄弟も古典が苦手だとは聞いていたが、そんなに心配なのか？」

家庭教師をしていたとは言えないよ。

「ええ、伯母《おば》から面倒を見てほしいと頼まれていますから」

ラルフもヒューゴも頷《うなず》く。

「Aクラスから落ちてはいけないと思いますからね」

「親からも言われますし」

三人も二年になり、自分たちの成績が高順位だとわかったのでAクラスから落ちることはないと安心しているが、一年の時は落ちるわけにはいかないと真剣だった。

「サミュエルは音感が良いので、デーン語を学ばせた方が良いかもと思っていたのです」

三人とも意味がわかっていない。

「デーン語は私も文官コースで取るつもりだ。兄上も外国語を習うべきだと言われているからな」

相変わらず兄上《リチャード》ラブのキース王子だね。

「私もマーガレット王女と一緒にデーン語を習っていますが、古典に似ているのです」

聞いた瞬間にキース王子は拒否反応が出た。

「デーン語の授業は楽しいですよ。文法とかは似ていますが、今も使われている言葉ですから」

ほんの少し興味を持ったようだ。

「そうか、滅びた帝国の言葉を勉強するより、やり甲斐《がい》がありそうだな」

これでこの話題は終わりだと思っていたのに、何故かラルフが変なことを言い出した。

「ペイシェンス様もダンスは修了証書をもらったのですよね。月曜の四時間目は空いているのではないですか？」

意味不明だけど、逃げるが勝ちだ。

「いえ、その時間に薬草学Ⅲを取っているのです」

これは本当だよ！

「さっき薬草学の温室にいたと言っていたが、嘘だったのか？」

キース王子は面倒臭いね。

「授業は月曜の四時間目ですが、今は毒消し草を育てているので大変だと言ったではないですか。あの小さな葉っぱの芽に少しずつ魔力を注ぐのです。少しでも多く注ぐと茎がニョキと伸びて失敗になってしまうし、一本の毒消し草に何個も葉の芽はあるから、本当に大変なんです。チマチマと同じことを何十回も……あの魔女先生！　私に生活魔法を使ってはいけないと言うなんて。これ、生活魔法でパパッとできるわ」

あれこれ説明しているうちにハッと閃いた。マキアス先生は初めの授業で「薬草学はあんたの生活魔法ときっと相性が良いはずだよ」と言っていたのだ。

「やられたわ」と落ち込む私を三人は呆れて見ている。

「魔法使いコースの先生は変わった人が多いのだな。それにしてもペイシェンスも失敗するのか」

キース王子は機嫌良さそうに笑う。その上、とんでもないことを言い出した。

「古典が苦手なサミュエルと一緒にペイシェンスに教えてもらおう。土日は暇なのだな、なら土曜の昼からにしよう」

勝手に決めないでよ。土日は弟《エンジェル》たちと過ごすんです。

「キース王子、王宮には私などより優れた家庭教師がおられるのでは？」お断りだよ！

なのにラルフとヒューゴまでキース王子の尻馬に乗る。

「それは良い考えですね」

「どこで勉強しましょうか？」

おい、私は断っているじゃん！　ラルフとヒューゴは、キース王子の古典嫌いに手を焼いているようだ。私に押しつける気満々だよ。ＮＯと言える女になるぞ！

私が勇気を振り絞ってキッパリ断ろうとした時、マーガレット王女が現れた。

「ああ、ペイシェンス、お腹が空《す》いたわ。給仕を呼んでちょうだい！」

他のテーブルにも家政コースの女学生が席に着こうとしている。私が給仕を呼ぶ前にキース王子が指をパチッと鳴らすと、飛んできた。

「一番早くできるもので良いわ」メニューも見ずに注文するなんてマーガレット王女らしくない。

「料理実習はどうなったのですか？」

マーガレット王女は眉を顰《ひそ》める。

「今日は魚を焼いたのよ。でも、何故か炭になってさすがに先生も食べられないと許して下さったわ。それに誰も魚を持つことができず大騒ぎだったから、先生もスープを作る余裕もなかったの。食堂へ行きなさいと言われたわ」

魚はハードルが高そうだ。でも、よく聞くと切り身みたい。それに塩、胡椒《こしょう》を振って小麦粉を軽くはたいて、フライパンにバターを落として焼くだけだ。

マーガレット王女は食べながらキース王子の話を聞く。

「良いことだと思うわ。私も苦手な料理や裁縫を頑張っているのですもの。キースも古典を頑張りなさい。ペイシェンス、教えてあげてね」

ＮＯと言える女にはなかなかなれそうにない。

第二章　土曜の勉強会

何故か土曜の午後は古典の勉強会に決まった。場所はなんとノースコート伯爵家だ。サミュエルに話したら、リリアナ伯母様から家でするようにと手紙をもらったのだ。木曜に音楽クラブで話して、金曜には手紙を持ってサミュエルが来たんだよ。凄いスピード！

「ご迷惑ではないのかしら？」と一応は尋ねておく。

「母上はキース王子が来られると聞いて舞い上がっているから、ペイシェンスは気にしなくて良い」

ああ、大騒ぎしているのが目に浮かぶよ。

「伯母様には勉強会だとしっかり念押ししておいてね」

サミュエルは、一応は言っておくと答えた。

それより私はデーン語を楽しく学ぶ方法を考えなくてはいけないのだ。うん、こんな時は専門家に聞こう。職員室にモース先生を訪ねる。

「おや、君はペイシェンスでしたかな？　何か質問でも？」

モース先生はお喋《しゃべ》りなので話しやすい。

「私の従兄弟が古典がとても苦手なのです。もう古典と聞くだけで逃げ出しそうな感じで困っています。でも、音感は凄く良いので、デーン語の歌を教えたら古典への拒否反応がなくなるのではと思ったのです」

　モース先生は面白そうに笑う。

「確かにデーン語は何故か帝国語が残っていますね。他のエンペラード語の方が変化しているから、北方の端のデーン国の方が元の帝国語に近いかもしれない。良いでしょう。デーン語の歌はいっぱいありますよ。ぜひ、従兄弟に教えてあげたまえ」

　デーン語の歌集や面白い民話などの本を貸してくれた。

「モース先生、ありがとうございます」

　お礼を言うと、笑って手を横に振る。

「いや、これでデーン語の授業を取ってくれる学生が増えたら良いとの下心もあるのですよ。だから、気にしないで下さい。図書館にもまだ歌集はあるはずだよ」

　図書館でも歌集を借りる。これでサミュエルとキース王子の古典嫌いが直れば良いんだけどね。

　これで土曜の用意は済んだから、金曜の午後は錬金術クラブで湯たんぽを作ろう！　何個作るか指を折って数える。私、ナシウス、ヘンリー、父親、メアリー、エバ、ワイヤット、ジョージ、マシュー！

「九個も作って良いものかしら？　カエサル部長に尋ねなきゃね。あっ、マーガレット王

いかもしれない。

寮は暖かいし、王宮も暖かいだろうけど、朝が苦手なマーガレット王女に湯たんぽは良いかもしれない。

「一〇個はずうずうしいかな？」

今回は湯たんぽを作りたいので、洗濯機のもう少し詳しい図も描いてきた。カエサル部長たちがこれを見ている間に私は湯たんぽを作るんだ。

「ご機嫌よう」と言う前にベンジャミンに「遅いぞ！」と声をかけられた。職員室に寄ったり、図書館にも行っていたからね。

「少し用事があったもので……」とはいえ、普通のクラブ活動は放課後だし、今は三時間目なんだよね。遅刻じゃないよ。

「これは洗濯機の詳しい図です。私は湯たんぽを作って良いですか？」

ベンジャミンはパッと図を取って、カエサル部長と見ている。

「カエサル部長、一〇個作っても良いですか？」

上の空で「ああ、好きにしろ」と許可を出してくれた。やったね！

まずは一個作ってみるよ。だってお湯が溢《あふ》れたら火傷《やけど》しちゃうからね。この口のネジとキャップのネジがピッタリ合わないといけないんだ。

「湯たんぽになれ！」

頭に前世の湯たんぽを思い浮かべて窯の前で唱える。楕円形《だえん》で、底は平ら、表面には何本かの筋が入り、お湯を入れる部分は少し飛び出してネジの線が付いている。

「湯たんぽのキャップになれ！」キャップがストンと落ちた。

「これがちゃんと締まれば良いけど」

キャップを湯たんぽの口に締めてみる。

「うん、ちゃんと締まるね！　あとはお湯が溢れないかテストしなくちゃ」

まずは水を入れて湯たんぽを振ってみる。

「うん、水は漏れてないよね！」

やはり湯たんぽなのだから、お湯で実験したい。

「カエサル部長、お湯を沸かしても良いですか？」一応は許可を取るけど、生返事だよ。

「さて、お湯を入れてみよう」

ヤカンに沸かしたお湯を口からトポトポと入れる。そしてキャップを締める。

「熱いわ！　カバーに入れなきゃ」カバーに入れたら温かい。錬金術クラブには窯があるので寒くはないが、私はどうやらローレンス王国の人より寒がりのようだ。転生した時の寒さがトラウマになっているのかも。

椅子に座ってお腹に湯たんぽを抱いてまったりする。温かいって良いよねぇ。

「あっ、ペイシェンス、できたのか？」

やっとカエサル部長とベンジャミンが私が何か作っていたなと気づいた。

「ええ、これで良いと思うので、あとは何個も作るだけです」

ちょっと見せてみろと手を伸ばすので、私は椅子から立ち上がってカエサル部長に湯たんぽを渡す。

「ふむ、温かいな。カバーを取っても良いか？」

「カバーを取ると熱いですよ。熱湯を入れていますから」

注意をしたので半分だけカバーから出して、カエサル部長はぶつぶつ言い出した。

「なるほど、夜寝る前にお湯を入れて、布団の中に入れておけば暖かく眠れるのだな。そして、そのお湯で朝は顔を洗うのか？　魔石も必要ないし、庶民には便利だろう。これは父が好きそうな商品だな」

そうだよ、湯たんぽは画期的なんだから。

「ペイシェンス、これは鉄で作る物なのか？　鉄はサビに弱いぞ」

そこまでは考えてなかったよ。確か銅製は高価だったような？

「できたら銅製が良いのですが、高くなるようならメッキでも良いです」

異世界にもメッキはあるようだ。

「銅メッキするなら、銅を溶かさなくてはいけないな」

空いている窯に新しい鍋をかける。メッキって電気分解してつけるんじゃなかったか

な？　でも、ここは異世界だ。それになんでもありの錬金術がある。

お湯を捨てた湯たんぽを銅の鍋に入れて「銅のメッキを付けろ」と言えば出来上がる。

鉄製より、銅メッキが付いている方が顔を洗うのにも衛生的だよね。サビにくいし。

「カエサル部長、家族のも作って良いですか？」

弟《エンジェル》たちの子ども部屋、寝る前に暖炉の火は消しちゃうんだよ。去年よりは暖かいけど、朝方は冷え込むよね。

「ああ、そのくらいは好きにしたら良いが、この湯たんぽ、父の商会で売らないか？」

「えっ、私が作って売るのですか？」

内職はありがたいけど、材料を錬金術クラブに持ってもらうのはいけないんじゃないかな？

カエサル部長は私の考えがわかったようで爆笑する。

「違うさ。この湯たんぽの製法をバーンズ商会に提供して、売り上げの何割かをもらうってことさ。まぁ、特許の簡易版の商品登録で良いと思うぞ」

こんな単純な品物だから特許まではいかないんだね。それに異世界のどこかではよく似た物もあるかもしれないし。

「商品登録が何かもわかりませんが、カエサル部長を信じてお任せします」

なんて言ったら、ベンジャミンが呆れていたよ。

「ペイシェンス、父上に相談した方が良くないか？　何か金になりそうな話だぞ。家の弁護士とか経理士とかに任せてはどうだ？」

家の父親に相談するよりワイヤットにするよ。それに弁護士も経理士もいないし雇う金もない。それに騙《だま》そうとするなら、遣手《やりて》だと噂《うわさ》のバーンズ公爵には何をやっても騙されそうだよ。

「いいえ、私はカエサル部長を信じてお任せしますわ」

こんな場合は信頼するしかないよ。

「そうだな、今度、父と会う機会を持つとしよう。さぁ、湯たんぽを作りなさい。それが終わったら洗濯機を作るぞ！」

四時間目が終わるまでに湯たんぽを一一個作った。最初の一個をカエサル部長に渡す。

「これを父に見せてみる。では、洗濯機を作ろう」

アーサーとブライスも来たので、五人でわぁわぁ騒ぎながら、どうにか洗濯槽の試作品を作る。

「水を入れて、回して、排水する。この魔法陣を各場所に置けばできそうだ！」

大きな金属の箱の上部分に水を入れる魔法陣を置き、下のプロペラに回転する魔法陣を置き、箱の底に排水の魔法陣を設置する。それに魔石を置いていけば、洗濯機の試作品が出来上がるはずなのだが、なかなか思い通りにはならない。

「ペイシェンス、もう暗くなっているよ」

ブライスに言われてハッとする。ああ、気をつけなきゃと思ったのに、窓の外は真っ暗だ。

「ペイシェンスを送っていくよ。それに荷物もいっぱいだからね」

欲張って一〇個も自分用に湯たんぽを作ったからだ。

「ブライス、私も送っていくよ。荷物が多そうだ」

私が持っている湯たんぽをベンジャミンが持ってくれた。

「ありがとうございます。暗くならないうちに寮に帰ろうと思っていたのですが、ついつい遅くなってしまいましたわ」

二人に笑われた。

「ペイシェンスはもう骨の髄まで錬金術クラブのメンバーだな」

あっ、ベンジャミン、それはやめてほしいよ。錬金術クラブは変人の集まりって評価だと知らないのかな？

「青葉祭で新クラブメンバーを増やしたいな」

ブライスの言葉で、そういえばギリギリ廃部を免れたのだとハッとした。

「洗濯機の展示では、あまり学生の興味を引かないかもしれませんね。何か人を集める魔道具を作って展示しなくてはいけないかも」

　ベンジャミンが「その通りだ！」と横で大きな声を出すからびっくりしたよ。獅子丸《しし》は髪型だけにしてよね。吠《ほ》えるな！

「ペイシェンス、何か良いアイデアを出してくれないか？」

　えっ、私に丸投げですか？　あっ、あれはどうかな？　でも卵って高いんだよね？

「何か思いついたようですね！」

　錬金術クラブの常識人のブライスにも詰め寄られる。

「ええ、もう少し考えてからお話ししますわ」

　ベンジャミンが髪の毛を掻《か》きむしりながら「今、話せ！」と騒いでいるが、寮に着いたよ。やれやれだ。


　土曜は朝から温室に行き、生活魔法で葉っぱの芽にだけ魔力を注ぐ。これに気づく前は凄く時間がかかっていたのだ。

「もう、マキアス先生は何故生活魔法を使ってはいけないなんて言われたのかしら？」

　口に出すとペイシェンスマナー変換される。心の中では『偏屈な意地悪婆《ばばあ》！』と罵っていたのだけど、この時は変換に感謝したよ。

「お前さんは魔法の暴走をするほど、魔力制御がなってないからさ。本当に魔法使いコースで勉強しないといけないよ」

ゲッ、気配しなかったけどマキアス先生が温室に入ってきていた。

「私は、攻撃魔法は嫌いなので、魔法使いコースは取りません」

マキアス先生はケケケと笑う。

「そんな甘ちゃんなことを言っているのは、ここ十数年戦がないからさ。でも、戦がないからと備えを疎《おろそ》かにするのは馬鹿者だよ。自分の命、家族の命が脅かされても攻撃魔法は嫌いだなんて言っていられるかね？」

ドキンとした。ローレンス王国が平和だからと油断していたのだ。異世界では戦争は本当に些細《ささい》なことで起こる。世界史で学んでいたのに、自分のこととして考えていなかった。

「それに毒消し草にお前さんの大雑把な生活魔法をかけたら、茎がニョキニョキ伸びて使い物にならなかったよ。この調子で育てていたら効能が高い毒消し草になるね」

頑張りな！　と温室を出るマキアス先生は、やはり見た目よりも素早い。絶対に年齢詐称だよ。

魔法使いコースまで取る余裕はないけど、考えてみよう。だってペイシェンスは足も遅いし、何かに襲われたら一番先に死にそうだもん。それに弟《エンジェル》たちを護《まも》りたい。

メアリーが迎えに来るまで、履修要項を取り出して眺める。魔法使いコースはやはり無理だ。でも、何科目かは取っても良いのかも？　魔法制御とか防衛魔法とか……治療魔法が使えたら良いんだけど、光の魔法なんだろうな、残念！

「遅くなりました。朝からノースコート伯爵夫人から手紙が届きましたのでお渡ししますね」

ここで渡さなくても家で良いんだけどね。内容はほぼわかっている。

「この湯たんぽを持って帰らなければいけないの。私も手伝うわ」

メアリーは湯たんぽに変な顔をしたが、布に五個ずつ包んで、着替えの鞄《かばん》と一緒に持つ。私は勉強会の本を数冊持っただけだ。湯たんぽ五個の包みを持つと言ってもメアリーは拒否するんだもん。

馬車に乗ってリリアナ伯母様からの手紙を読む。やはり午後からの勉強会についての手紙だった。キース王子の好きなお菓子とか尋ねている。うん、あの砂糖ジャリジャリのケーキは好きじゃないよ。

「ねぇ、メアリー。エバをノースコート伯爵家に派遣してお菓子を焼く手伝いをさせるのはマナー違反かしら？」

メアリーはリリアナ伯母様のことをさほど好きではなかった。あの近い所に住んでいるのに援助なしだったからね。だけど、従兄弟のサミュエルが弟たち《エンジェル》と遊ぶのは好意的に見ている。今回はそのサミュエルとキース王子の勉強会なのだ。

「ノースコート伯爵夫人がお望みならマナー違反ではありませんわ」

うん、あの砂糖ジャリジャリのお菓子にキース王子は手をつけないだろうからね。

その上、私は昼食もノースコート伯爵家で食べなくてはいけないようだ。午後に来られるキース王子を出迎えないといけないとリリアナ伯母様はかなりテンパっている。弟《エンジェル》たちとの時間が更に短くなるよ。溜息《ためいき》しか出ない。

家に着いたら、まずは活力を充填する。弟《エンジェル》たちを抱きしめたら、元気が出るよ。

「お姉様、サミュエルの家に行くの？」

「ヘンリー、一緒に連れていってあげたいけど、古典の勉強会だから我慢してね」

ナシウスは不思議そうな顔だ。うん、古典も好きだから理解できないんだね。

「お姉様、一度の勉強会で古典嫌いが直るのですか？」

乗馬訓練で仲良くなったサミュエルから古典が嫌いだと聞いているんだね。

「頑張ってみますわ」

一度で済ませたいからね！　貴重な土曜をそんな何回も潰したくないもの。

それからメアリーに湯たんぽの使い方を説明する。

「まぁ、夜寒くない上に、朝の洗面にお湯が使えるのですか？　なんて便利な道具なのでしょう」

そう、貧乏暮らしには画期的な道具だよ。

「全員分あるから、使ってね！」

これで湯たんぽのことは任せておいて大丈夫だ。あとはリリアナ伯母様に手紙でエバのことを書いて持っていってもらう。どうせ昼には行くけど、先に言っておいた方が良いからね。パンケーキの材料とかも書いておいたよ。

あっ、ワイヤットにバーンズ商会に湯たんぽを作ってもらう件を話さなきゃいけないんだけど、実際に使ってみた後の方が良いかもね。日曜に話そう！

そうだ！　一応は父親にも報告しなきゃね。それと勉強会についても話さなきゃ。

父親はサミュエルに古典を教えるのは笑って聞いていたが、キース王子に教える件は驚いていた。うん、本当は王宮の教師に教えてもらった方が良いよね。

「ペイシェンス、楽しんで教えてあげなさい」

もう！　やはり父親はズレているよ。私が楽しんで教えるのは弟たち《エンジェル》だけだよ。

ノースコート伯爵夫人からは迎えの馬車を寄越すと返事があった。エバは昼食を出してから来るみたい。近いもんね。

少しの時間だけど弟たち《エンジェル》と温室で苺《いちご》を採る。これをノースコート伯爵家へのお土産《みやげ》にするつもりだ。

迎えの馬車にメアリーと乗る。伯母様の家なのに侍女は必要ないんじゃないかな？　メアリーは手提げの中に湯たんぽのカバー用の布を詰めている。控えの部屋で縫うつもりだ。

まぁ、家より暖かいから良いかもね。まだグレンジャー家は寒くない程度なんだよ。エコだと思っておこう。

ああ、リリアナ伯母様の出迎えだ。これはかなり舞い上がっているな。

「ペイシェンス、キース王子は本当にケーキがお嫌いなの？」

挨拶をすっ飛ばしてキース王子の好みチェックだよ。

「ええ、上級食堂《サロン》でも一度も手をつけておられませんわ。でも、夏の離宮で出たパンケーキは美味しいと召し上がっていました。エバは作り方を知っていますから、大丈夫です」

リリアナ伯母様が「そうなのね」と少し落ち着いたので、メアリーが苺の入った籠を執事に渡す。

「おっ、苺だ！　グレンジャー家の苺は美味しいのだ」

サミュエル、家の温室の苺を食べているんだね。売り物なんだよ！

「まぁ、サミュエル、お行儀が悪いわ。でも、とても綺麗だからキース王子にもお出ししましょう」

それは良いけど、勉強会だってことを忘れてないかな？

「伯母様、今日の勉強会ではハノンを使うのです。子ども部屋で良いかしら？」

それから大騒動だった。召使い総動員で子ども部屋を掃除し直したり、椅子や机を豪華なのに変えたりドタバタしている。

私は応接室でサミュエルとノースコート伯爵とお茶を飲んでいたよ。伯母様は監督に忙しそうだ。

「ペイシェンスのお陰で、サミュエルは音楽クラブにも入れたし、良き友人にも恵まれた。感謝する」

あっ、ダニエルやバルディシュやクラウスもAクラスだから良家の子息だよね。

「その上、キース王子の勉強会にサミュエルが参加させてもらえるなんて、光栄な話だ」

いやいや、元々はサミュエルに古典を教えようと思いついたのに、キース王子が強引に参加したんだよ。なんて言わないよ。

二階の子ども部屋の片付けも終わったのか、リリアナ伯母様も下りてきた。

「そろそろ昼食にしましょう。キース王子様が来られる前には終えていないといけませんからね」

午後からと言ったから、昼食中に来られるはずはないよ。でも、従う。

「伯母様、キース王子は勉強会の為に来られるのですから」

食事が終わった時に一応言っておく。

「まぁ、わかっていますわ。それにサミュエルにも言われましたから。でも、休憩のお茶は必要でしょう？　それは子ども部屋では失礼だと思うのよ」

了解です。

「では、お茶の時間には下の応接室に参りますわ。勉強を始めて二時間ほど経った頃でしょうか」

サミュエルが、ゲッて顔をしている。両親の前だから文句言うのを我慢したんだね。

昼食後は応接室でキース王子が来られるのを待つ。うん、気詰まりだよね。サミュエルも退屈そうだ。

「あの伯母様、ハノンで今日使う曲の練習をしてもよろしいでしょうか?」

リリアナ伯母様の眉が上がる。

「まぁ、ペイシェンス、練習していないのですか? そんな準備不足だなんて、いけませんわ。貴女は上で練習をしなさい」

サミュエルも一緒に来たがったが、伯母様に止められた。キース王子が来られた時に出迎えなくてはいけないそうだ。二階にいても同じだと思うけど、そんなことは言わないよ。ごめん、サミュエル!

子ども部屋はなんか煌《きら》びやかになっていた。椅子とか机とかゴージャス度アップしているんだよね。伯母様、頑張ったんだ。

ハノンでデーン語の歌曲を弾く。うん、このくらいなら大丈夫そうだ。前世ではカラオケ好きだったし、少し歌ってみる。

「やはりデーン語は古典に似ているわ」

　歌っているとよくわかる。会話は未《いま》だ初心者だからね。何個かわかりにくい歌詞は家から持ってきたデーン語の辞書で調べておく。これってかなりアツアツなラブソングだよ。他のも弾いたり、歌詞を調べておく。

「キース王子様がお着きです」

　召使いに呼びに来られて、慌てて下に下りる。

「キース王子、ようこそ我家にお越し下さいました」

　ノースコート伯爵や伯母様が挨拶している。あれっ、ラルフやヒューゴも一緒なんだね。挨拶し合っているね。良家の子息の訪問は歓迎されるんだな。

「今回は私の我儘《わがまま》でノースコート伯爵には迷惑をかける。では、ペイシェンス、早速勉強会を始めよう」

　キース王子は簡単に挨拶を切り上げて勉強会へと子ども部屋に向かう。ラルフは古典ができるから、助手に任命しよう。ヒューゴは、どうかはわからないな。まぁ、助手二だね。

「キース王子とサミュエルにはデーン語の歌を歌ってもらいます」

　二人で見るようにと歌集を渡したら、ハノンを弾きながら歌う。

「ほら、サミュエルもキース王子も歌って下さい」

　後ろから覗《のぞ》き込んでいるラルフとヒューゴも歌う。何回か歌ったら別の歌にする。

「内容はなんとなくわかるのでは？」

キース王子とサミュエルも頷く。

「だが、これで古典ができるようになるとは思えないのだが……」

キース王子は懐疑的だ。でも、サミュエルは何か摑《つか》んだようだ。古典の教科書を読んでみる。

「なるほど、デーン語は古典に近いな。ペイシェンス、もっと歌を教えてくれ」

何個か難しい単語を教えながら、歌を歌わせる。キース王子も苦手意識が強かった古典がさほど苦痛でなくなったようだ。

「歌も良いが、デーン語を習いたい」

それは少し難しいよ。私が習い始めたばかりだもの。

「簡単な挨拶ぐらいなら教科書を持ってきています」

それからは五人で初級のデーン語講座になった。

『私はキース王子だ』

『私はサミュエルです』

ラルフとヒューゴも交ざって楽しくやっているけど、そろそろお茶の時間だ。エバはパンケーキ焼いてくれているかな？

「一度、休憩しましょう」と私から言い出す。サミュエルったら初めは嫌がっていたのに今は楽しそうにキース王子たちとデーン語の練習をしている。

「おお、もうそんな時間なのか？」

キース王子たちと下の応接室へ向かう。

「あっ、あれはパンケーキだな！」

準備万端でお茶をもてなされる。

「ラルフ、ヒューゴ、食べてみろ。これは美味しいのだ！」

二人もいつもは砂糖ザリザリのケーキには手を出さないが、キース王子に勧められて食べる。

「本当に美味しいです」

サミュエルは元々甘い物が好きだから、パンケーキをペロッと食べた。それにホイップクリームと苺もあっという間に消えたよ。でも、学園に入学して乗馬クラブに入ってから、かなり絞られて痩せているとは言わないが太ってはいないから良いんだよ。私は子どもに甘いショタだもん。

挨拶に顔を出したリリアナ伯母様にキース王子がお礼を言う。

「屋敷に押しかけた上にこんなに美味しいパンケーキまでご馳走《ちそう》になり、ありがとうございます」

良かった！　これでリリアナ伯母様も安堵《あんど》されるだろう。キチンともてなすのは女主人リリアナの仕事だからね。

「キース王子、サミュエル、どうしますか？　大体のやり方はわかったと思います。あとは各自で勉強をしたら良いだけですわ」

キース王子は少し考えて答える。

「前ほどは古典に対する嫌悪感はなくなったが、これで飛び級できるかはわからない。ペイシェンス、古典が飛び級できたら三年になれるのだ。もう少し教えてくれないか？」

それはラルフにでもできるのでは？　と視線をラルフに向けるが、拒否された。これまでも何回となく教えてきたんだね。

「私ももう少し教えてほしい。それと数学もあと少し教えてほしいよ」

サミュエルにも頼まれてしまったよ。私の弟たち《エンジェル》との時間は減るばかりだ。

「ペイシェンス様は教師に向いているのでは？」

ラルフにお世辞言われたけど、褒め殺しは御免だよ。

「ノースコート伯爵夫人、来週の土曜もお邪魔しても構わないだろうか？」

あっ、キース王子、それは卑怯《ひきょう》だよ。伯母様が断るわけないじゃん。

「勿論でございます。いつでも我家にお越し下さい」

やれやれ、来週も土曜は潰れるんだね。悲しいよ。こうなったらビシビシしごくよ。

「では、あと一時間、頑張って文法を学びましょう！」

弟《エンジェル》たちとの時間を邪魔したんだから、絶対に飛び級できるまで勉強してもらうからね！

「なんだかペイシェンス怖いぞ」

当たり前だ！　地獄へようこそ！

古典の教科書をキース王子に音読させる。初めは嫌々やっていたが、そのうちにハッと閃いたようだ。

「なんだ、古典はローレンス語の古い文語体ではないか。少し今とは違うし、デーン語の方が近いけど、元は同じなのだな」

その通りだよ。ペイシェンスもナシウスも子どもなのにサラサラ読んでいたぐらいだもの。嫌い！　って拒否していたからわからなかったんだ。

「だから教科書に載っている今のローレンス語と違う文法を覚えるだけで良いのです。あとは、どんどん古典を読めば読解力がつきますよ」

サミュエルは音感が天才的に優れているから、古典の教科書を音読すると理解できるのに驚いている。

「まだわからない部分もあるけど、大体の本の内容がわかるよ。これなら古典で不合格になることはなさそうだ」

良かったよ。これで自習になるかな？　なんて甘かった。

「ペイシェンス、数学も教えてよ」とサミュエルは言い出すし、キース王子は欲張って修了証書がもらいたいなんてことを言い始める。

「それは自分で頑張って下さい」と突き放そうとする。

「ノースコート伯爵夫人はいつでもお越し下さいと言われていたぞ」

伯母様のせいで逃げられなかったよ。ぐっすん！

第三章　湯たんぽと糸通し

勉強会で精神的に疲れたまま馬車で送ってもらう。エバときたら、お茶のお菓子を作ったらさっさと家に歩いて帰っているんだよ。私も気候が良ければ歩いて帰りたいな。でも、リリアナ伯母様は許してくれそうにない。それどころか夕食を食べていきなさいと言い出したのを、頑張って断ったんだ。

疲れていたけど、弟《エンジェル》たちに会ったら復活したよ。

「お姉様、勉強会は上手くいきましたか？」

ナシウスは興味津々だ。

「ええ、でも来週の土曜も勉強会をすることになりましたの」

ヘンリーが少し悲しそうな顔をする。それはお姉様がいなくなるのを悲しんでいるんだよね。苺を手土産にしたのを悲しんでいるんじゃないと信じるよ。

「お姉様、私たちにもデーン語を教えて下さい」

可愛い弟《エンジェル》たちの頼みを断るわけがないよ。応接室でハノンを弾いてデーン語の歌を歌わせる。めっちゃ可愛い！

夕食は父親と二人だ。六月にナシウスが一〇歳になれば三人になるけど、ヘンリーが一人で子ども部屋で食べるのは可哀想だよ。でも、異世界では普通のことみたい。メアリーが給仕をしながら付いていてくれるみたいだけど、寂しいよね。それとも気楽なのかな？

夕食の後は子ども部屋に向かう。二人共ベッドに入っている。湯たんぽを蹴らないように注意しなくちゃ。

「お姉様、この湯たんぽ温かいです」

そうなんだよ！　前世の中世の絵で見た金属の箱の中に炭を入れてシーツを温める道具があったけど、湯たんぽの方が良いよね。あれは火事にならないか不安だよ。

「二人共、それに足を直接つけないようにしてね。ずっと触れていたら低温火傷するかもしれないからね」

ナシウスが低温火傷？　とわからない顔をする。

「火に触れれば火傷するでしょ。でも、温かい物に長い間触っていたら、低温でも火傷することもあるのよ」

二人にキスをして、サイドテーブルの上に置いた魔法灯を薄暗くする。

「お姉様、この魔法灯を作ってくれてありがとう」

ヘンリー、可愛いから二度目のキスをするよ。

湯たんぽは、やっぱり良いよね。ぬくぬくだよ。

朝までぐっすり眠って、昨日の疲れは癒えた。やはり若い身体《からだ》の回復は早いね。

湯たんぽの中のお湯も顔を洗うのにちょうど良い温かさだ。

午前中は弟たち《エンジェル》と勉強したり、温室で苺を採ったりして過ごした。午後は馬術教師が来るけど、私はワイヤットと話さなきゃいけないんだ。別に乗馬が嫌いだから、来る時間に合わせたわけじゃないよ。ホントダヨ。

「ワイヤット、湯たんぽを使ってくれましたか？」

ワイヤットも湯たんぽでぬくぬくだったみたい。笑顔でわかるよ。

「ええ、子爵様も朝までぐっすり眠られたようです」

さて、どう話そうかな？

「あれは錬金術クラブで私が作ったのです。でも、湯たんぽには魔石は必要ありません。カエサル部長はバーンズ公爵の嫡男なのですが、この湯たんぽをバーンズ商会で売り出してはどうかと言われたのです」

ワイヤットはバーンズ商会と聞いて真剣な顔になる。

「それは良いお話ですが、湯たんぽを作る権利を譲り渡してもよろしいとお嬢様はお考えなのですか？」

それを聞きたくて相談しているのだ。

「私が錬金術で作れる量は知れているわ。これは大量に作って安価に販売する方が良い道具だと思うの」

　ワイヤットは微笑んで頷く。

「では、バーンズ商会に任せるのは良い案だと思います。契約書に署名される前にお見せいただければ、不利にならないか相談に乗ります」

　うん、異世界の契約書なんか知らないからね。これから勉強しなくてはいけないな。あとは、部屋で内職しておこう！　土曜は疲れていたので内職してないからね。

　内職もグレードアップしているよ。ティーセットの細密画描きもしているけど、魔法灯の魔法陣を描く内職が儲かるんだ。それに刺繍の内職も寮でちょこちょこ空き時間にしている。

　こんな時は初めから生活魔法を使うよ。ティーセットに指定の細密画をチャチャと描いて、魔法陣もパラパラと描いていく。

　うん、これで刺繍糸が買えると思う。ナシウスのだけじゃなく、私の制服の見返しにも刺繍しよう。ナシウスのはグレンジャー家の家紋で良いとして、私はちょっと変えようかな？　前世の女紋みたいな感じで、本とペンでは愛想がないから本に薔薇《ばら》でも良いかもね。

　メアリーと相談してみよう。

「ユリアンヌ様のお印は白百合《しらゆり》でしたわ。お嬢様もお印を決められたら良いのです」

　そうか、女の人は家紋でなくても草花とかでも良いんだね。さて、何にしようかな？

「少し考えてみるわ」

ペイシェンスが選ぶなら薔薇かもしれない。それに薔薇には稼がせてもらっているからね。でも、私はもっと庶民的な草花の方が似合う。苺の花って可愛いよね。それに苺は食べられるし！　五枚の白い花弁に黄色の雄しべ。それに葉っぱをあしらった。良い感じ！

子どものうちはこれに苺を少し覗かせても良いかもしれない。

あとは糸通しの図を描く。うん、難しい箱型の糸通しではなく、薄い金属板にダイヤ型の細い針金が付いている安い方だ。箱型のを母は使っていたが、私が一人暮らしのアパートに持っていったのは生活科で買ってもらった裁縫セットに入っていた簡易版の方だ。これも売れるかも？

アイロンは魔道具で作ってほしい。特に母親がパッチワークに使っていた細かい所をアイロンがけする小さなアイロンが欲しいな。スティームアイロンも良いかも？

アイロン繋がりでヘアアイロンも思いつく。巻き髪が流行っている。炭で熱くしたコテでしているが、火傷や髪の毛も傷んでいるみたいだ。これは魔石が必要だね！

そうだ、前世ではマイナスイオンが出るドライヤーとかヘアアイロンが高価だったんだよね。これはカエサル部長に要相談だ！

「やっぱり自分で魔法陣を描けなきゃ、とても不便だわ。秋学期は他の科目は犠牲にしてでも魔法陣Ⅱを取らなくては！」

自分の部屋であれこれ作る物リストを書いていた。前のは欲しい物リスト。今度は自分で作れそうな物リストだよ。だから、なるべく魔石を使わない物を中心に考えていたんだ。

「足踏みミシンならいけそう？　お婆ちゃんが使っていたミシンだけど、構造がよくわからないや。でも、できたら良いよね！」

ボビンや上糸や下糸が交差して縫っていく仕組みなんかを思い出すたびに図に描いていく。大まかな図も描く。

「これでミシンができるとは思えないけど、要相談だわ。なんだか要相談ばかりね」

ミシンができたら儲かるかも！　なんて考えていたら、ヘンリーが呼びに来た。

「お姉様、サミュエルと馬術教師が来ましたよ！」

ああ、ヘンリーの目が眩《まぶ》しいよ。

「わかりましたわ」と答えたけど、気は重たい。苦手な乗馬より稼げそうなミシンについて考えたい。

「ペイシェンス、遅いぞ！」

サミュエル、元気だね。そんなに元気が余っているなら、古典とか数学とか勉強すればぞ？　なんて意地悪を言いたくなるよ。私は大人だから言わないけどね。

「寮に行かなくてはいけないから、少ししか時間はありませんの」

「なら、さっさと乗れ！」

ああ、サミュエル、来週の土曜は覚悟しといてよ。ビシバシしごいてやるからね。

寮に来てから、魔石を使う魔道具と使わない道具をあれこれ考える。魔石を使わない道具はミシンや自転車なんかあると凄く便利そうだ。でも、理系ではなかったのが痛い。仕組みとか微《かす》かにしか覚えてない。それにスマホ検索ができないのも痛いよ。前世では本当にスマホ検索でなんでも調べられていたな。異世界ものでワールドレコードにアクセスできる能力とかもらえるのとかを読んだことあるけど、羨ましいよ。

「あっ、温室に行かなきゃ！」

コートを着て温室に向かう。パパっと魔力を毒消し草の葉の芽だけに注ぐ。これができると気づくまで大変だったんだよ。

「お前さん、これで薬草学Ⅲも合格だね。あとは春学期の期末テストで薬草学Ⅰ、Ⅱ、Ⅲの合格を取れば良いだけさ」

マキアス先生って足音しないね。それに簡単そうに言うけど、何かあるんじゃないかな？　凄くテストが難しいとか？

「座学はいつからなのでしょう？」

教科書を読むだけで良いなんて前に言っていたけど、信じられないよ。

「座学は五月からだよ。受けたければ、受けても良いが、それより上級薬草と毒消し草を作らないかい？　あちらの温室の管理をして、育ててくれれば適正価格で買い取るよ」

内職の斡旋《あっせん》をされたよ。

「マキアス先生が栽培されないのですか？」

「年寄りをこき使う気かい？　薬学で使う薬草も冬場は高くてね。それなのに失敗ばかりする学生が多くて困っているのさ。適性がないなら薬学を取るのを諦めてくれれば良いのだが」

薬学と薬草学を取れば下級薬師の試験を受けられるからね。すぐには諦める気にならない学生も多いのだろう。わかるよ！

家の温室で薬草を植えて売ろうと思ったけど、私が留守の間の管理が難しそうだから悩んでいたのだ。浄水を作り置きとかできるかわからないしね。

「やらせて下さい」

儲かることは歓迎だ！　でも、座学は受けよう。マキアス先生は、怠け者は嫌いだと何度も言っていたもんね。お金のことは騙さないと信じるしかない。

「この温室だよ」

案内された温室は、私たちが使っている温室の倍の広さだった。

「あのう、広くないですか？」

ケケケと笑って「やり甲斐があるだろ」なんて言う。

「種は渡しておくよ。好きなやり方で育てな。春になって冒険者が薬草を採ってくるまでは高値で買ってやるよ」

腰から下げていた巾着袋を投げて渡す。

「収穫はこっちでするから、育てられるだけやりな」

言うだけ言うと、マキアス先生はスタコラ歩いていく。うん、ペイシェンスより歩くのが早いね。あっという間に見えなくなった。

「まずは肥料を漉き込まなきゃね。あっ、毒消し草は要らないのか」

毒消し草は育てるの手間がかかるから、やめようかな？　いや、きっと私のやり方で育てた毒消し草は高く買ってくれると信じるよ。温室を半分に分けて、外から肥料をバケツで何回も運び込んで漉き込む。

「今日は上級薬草だけにしておこう」

浄水につけた種を植えて、浄水を撒《ま》き、生活魔法で「大きくなれ！」と唱えておく。

「今日はここまでね！」

マーガレット王女が寮に来られているかもしれない。自分にもサッと生活魔法をかけて寮に急ぐ。

こんな時に限ってキース王子に会う。

「ペイシェンス、急いでいるな」

そう、私としては精いっぱいの早足なんです。

「ええ、マーガレット王女が来られたかもしれませんから」

キース王子は笑って「まだ姉上は来られていない」と教えてくれた。やれやれ、間に合ったようだ。

「それでペイシェンスはどこに行っていたのだ？」

それってキース王子に一々言わなくちゃいけないのかな？

「温室ですわ」

簡単に答えておく。学園で内職しているのは秘密にしておこう。同情はいらないよ、グレンジャー家は貧乏だけど誇り高いのだ。

「まだ、毒消し草とかの栽培に手こずっているのか？」

えっ、よく覚えているね。私の失敗が面白いのかな？

「いいえ、毒消し草は合格をいただきましたわ。他の件で温室に行っていたのです」

キース王子も人のことより、自分の古典と歴史を勉強した方が良いよ。飛び級はギリギリだと思うから。ラルフとヒューゴがやってきて、やっと解放されたかと思ったのに、何故か食堂で座って話している。

「ペイシェンス様、土曜の勉強会は楽しかったです」

ラルフは前から古典できていたと思うよ。それにいつから様付いていていたかな？　一年生の頃は呼び捨てだったはずだよね？　ううんと、ラルフはどうだったか覚えてないや。少なくともヒューゴは呼び捨てだったよ。マーガレット王女の側仕えだから、様付けなの？

「いえ、ラルフ様とヒューゴ様には必要ないのでは？」

二人は慌てて「デーン語の勉強にもなります」と言う。そんなにキース王子と離れたくないものなのかな？　大変だね。

「ペイシェンス、古典と一緒に歴史も教えてほしい」

キース王子、それは王宮の家庭教師に教えてもらった方が良いよ。なんて思っているのに、ヒューゴまで言い出す。

「私も歴史は飛び級できそうにないのです。ペイシェンス様、教えていただきたい」

うん？　何か変じゃない？

「ペイシェンス、何をしているの？」

マーガレット王女が寮に来られた。

「姉上、ペイシェンスに古典を教えてもらって、少しわかりかけたところなのです。なので、もう少し教えてほしいと頼んでいたのです」

キース王子の言葉だと今週の土曜の勉強会だけの話でなさそうに感じる。困るよ。

「あら、キースが古典を勉強する気になったなんて、素晴らしいわ。ペイシェンスは教えるのが得意だったものね。そうだわ、私の家政数学も教えてもらいたいわ」

私はマーガレット王女と共に特別室に上がって、あれこれしているうちに（家政数学の宿題チェックとか）何が引っかかっていたのか忘れてしまった。

だってマーガレット王女の家計簿は酷かったんだもん。

「ええっと、こちらの欄には収入、こちらの欄には支出ですよね。何故、ごっちゃ混ぜにされているのですか？」

これでは家政数学は合格できそうにない。新しいページに一から書き直させる。

異世界の支出項目は違うかもしれないから、ザッと教科書に目を通す。うん、ほとんど一緒だ。魔石とかは水道光熱費になるんだね。馬の費用も結構大きいな。当分、レンタルだね。うん、例題にしても交際費って高すぎない？　これが普通なの？　ゲゲッ美容費って何よ！　私の知っている家計簿と違うのは人件費があるところだけど、それよりこの美容費とか社交費で良いのか例題！　突っ込みどころ満載だよ。

「なるほど、美容費にはドレス代も含まれるのですね」

被服費じゃないの？　やはり違う所も多いのかな？

「あとは、その欄を合計したら宿題は終わりです」

やっと収入と支出を書き終えたマーガレット王女は大きな溜息をつく。

「前の家政数学の家計簿は初めから書いてあるのを計算するだけだったそうよ。足し算ができれば良かったの」

それはさすがに簡単すぎるよ。この家計簿も教科書をちゃんと読めば間違えないと思う。数字に対して、マーガレット王女は拒否感を持っているから間違えるのだ。

マーガレット王女に紅茶を淹《い》れて二人で飲んだ。

「ペイシェンスに言われると、凄く簡単に思えるけど、先生はわざと難しく説明されているのかしら？」

「まさか、マーガレット様が落ち着いて聞かれればわかると思いますよ。授業の前に教科書を読んでみても良いかもしれません」

マーガレット王女には聞き覚えのない○○費とかだけで、難しいと勘違いしているのかもしれない。教科書を読めば難しくないとわかるはずだ。

「ええっ、予習しろと言うの？　やっと宿題が終わったのに……良いわ。読むだけ、読んでみるわ」

マーガレット王女が予習している間に、私は魔石を使わない道具を考えていた。自転車、良いよね。馬より自転車の方が安全だと思う。大体の構造はわかるよ。明日の三時間目は自転車を作りたいな。

月曜は外交学と世界史がある。パーシバルが外交官になると言ってから、凄く興味が湧いている。でも、異世界の外交官って何をするのだろう？　前世では一般人も海外旅行へよく行っていたから自国民の保護とか、貿易赤字の問題とか……そっか、領土の問題もあったね。

ローレンス王国って日本と違って島国ではない。つまり隣国と陸続きで、歴史でも習ったけど、よく戦争をしていたんだ。外交官って戦争の時って大変そうだよね。

今日も何故かフィリップスが外交学の教室まで付き添ってくれる。もう教室はさすがに覚えているよ。まぁ、一緒の教室だからかな？

「フィリップス様はロマノ大学に行かれるのですか？」

文官コースを選択している学生の多くはロマノ大学に進学すると聞いたからね。

「ええ、私は外交官になりたいのです」

あっ、パーシバルと同じだと思っていたら、ラッセルがチャチャを入れる。

「フィリップスは外国の遺跡を見て回りたいだけだろう。考古学者になりたいくせに、親に反対された根性なしさ」

うん、それもありそうな話だね。外交官って公務員だから、暇な時は遺跡を見学しても良いんじゃないの？

「ラッセルこそ外交官なんか向いてないぞ。いい加減なことばかりではローレンス王国が不利益を被《こうむ》りそうだ」

二人共、外交官志望なの？　やはり外交官って人気あるんだ。

「そんなわけないだろう。それよりペイシェンスは外交官試験を目指すのか？」

　王立学園を出て官僚になりたいと前は思っていた。でも、今はロマノ大学に行くまでは決まっているが、その先は迷路になっている。

「まだわからないのです。それに女性で外交官になれるかどうかもわかりませんし」

なんて話していたら、外交学のフォッチナー先生が教室にやってきた。

「女性外交官！　素晴らしいではないですか。外交官の仕事には自国の文化を広げることもあるのです。やはり、こういった分野では我国はソニア王国、コルドバ王国、そしてエステナ聖皇国の後塵《こうじん》を拝しています。ペイシェンス、頑張りなさい」

えっ、まだ外交官になるとは決めていませんよ。それにしてもローレンス王国って文化的に遅れているって評価なの？　外国語のモース先生もローレンス語は堅苦しくて芸術的でないとの評があると言われていたね。

「フォッチナー先生、それは聞き捨てなりません。ローレンス王国の文化は他の国とは比べものにならないほど優れています」

　フィリップスが反論しているよ。

「それはわかっていますが、それを他国に伝えきれていないのが実情なのです。ソニア王国ほど、恋愛文化が花咲いていないし、コルドバ王国ほど、他国の文化を取り入れていません。それにエステナ聖皇国は宗教一辺倒ですからね。ローレンス王国は中庸と言えば聞こえは良いが、これといった文化的な特徴がないのです」

わぁ、なんか議論が爆発しそうだ。フォッチナー先生、煽《あお》りが上手いね。

「ローレンス王国の文化面が優れているのは、他の国でも認めざるを得ないだろう。魔道具のほとんどはローレンス王国で作られているし、名曲のほとんどは我国の作曲家のものだ。ソニア王国のは恋愛小説しかないが、我国のは精神世界の深淵さをも著している」

ラッセルの反論にフォッチナー先生は肩を竦《すく》める。

「だが、それらを他国は認めていない。作曲家は確かに我国の出身ではあるが、活躍したのはエステナ聖皇国でだ。その上、魔道具の発明は確かに我国なのだが、多く使われているのはソニア王国だ。そして、コルドバ王国には南方貿易を牛耳られている。何が問題なのかわかるか？」

教室中で議論が噴き出した。私は錬金術クラブだから魔道具が我国で作られたのに、他国の方が多く使われているのは何故なのだろうと思った。

「ローレンス王国の魔石が高いからかしら？」

貧乏なグレンジャー家では魔石が買えないから、折角あるトイレが使えなかったのだ。

そんなに大きな声で言ったわけでもないのに、フォッチナー先生は私を指さした。

「そう、ペイシェンスは良い所に気づいたね。我国の魔石は他国より高い。それは何故だろう？」

他国には魔物が多いのか？　討伐する数が多いのか？　それとも安い魔石を輸入しているのか？　議論は激しくなった。

「では、次回までに調べてくるように！　魔石のことだけでなく、何故音楽家はエステナ聖皇国で活躍するのか？　何故、我国の文化が他国から評価されないのか？　どれでも良いからレポートにまとめて提出だ」

世界史も同じ教室なので、休憩時間もそのまま話し合う。

「ペイシェンス嬢は何を調べますか？　一番先に魔石の価格について発言されたから、それにされますか？」

フィリップスの相変わらずの「嬢」呼びはくすぐったいけど、やめてほしいというほどは嫌じゃない。様がミスなら嬢はマドモアゼルって感覚なんだよ。

何故、音楽家がエステナ聖皇国で活躍するのかは、なんとなく前世の音楽家の生涯でわかった。

「魔石については多くの方がレポートを書かれそうです。私は、宗教音楽は教会の庇護《ひご》があるから、生活面で不安がないからだと思ったのです。でも、これでレポートを書けるかはわかりませんわ」

ラッセルが「図書館で『音楽家ベリエール』を借りて読めば良い」とアドバイスをくれた。

「あれには金銭面のことが詳しく書かれていたはずだ。ベリエールの曲が好きで借りたのだが、かなりゲンナリしたから覚えている。まぁ、生きる為には金が必要だけど、死んだ後に日記が公開されるとは考えてなかったのだろう」

あっ、それはあるよね。偉大な人の日記とか金銭面が細かく書かれていたら、少し驚くよ。でも、その当時の生活とかわかるから面白いと私は思うけどね。やはり、貴族とは感じ方が違うみたい。

世界史はカザリア帝国が大陸の西半分を配下に治めたよ。これから東への遠征が始まるところで終わった。まるで前世のアレクサンダー大王の遠征みたいだよ。これが長くてややこしいんだ。あちこちに行くからね。

フィリップスはこの遠征をしたハドリアヌス帝が大好きみたいだ。

「次の授業が待ち遠しいです！」と興奮していたよ。

ラッセルが呆れているのも見慣れたね。

昼からは忙しい。三時間目は錬金術クラブへ行って、自転車の構造を考えなきゃね。糸通しは金曜に作る予定。やはり実際に作るのは時間に余裕のある金曜になるね。四時間目は薬草学だ。薬草学は合格をもらっているけど、毒消し草の収穫までは気を抜かないよ。それに私は別の温室で毒消し草を植えなきゃいけないしね。

錬金術クラブではカエサル部長とベンジャミンが洗濯槽をどうにか完成させようとしていた。でも脱水槽はまだ手付かずみたい。

「おお、ペイシェンス！　やっと来たな。青葉祭の件で待っていたのだ」

あっ、忘れていたよ。そんなこともあったな。

「昨年の錬金術クラブの展示には見学者があまりいなかったように思えたので、展示だけではなく模擬店をしてはどうかと思ったのです」

模擬店と聞いてベンジャミンががっかりした。

「錬金術クラブの作品を買う学生などいないぞ。手芸クラブとか美術クラブとかは模擬店を開いて好評みたいだがな」

そうか、去年の青葉祭は、午前中は講堂に詰めていたし、午後からは学生会のお手伝いだったからね。あまり見学はできてないんだ。

「あのう、どのくらいの予算を使っても良いのでしょうか？」

私が考えている物を作るには材料費がかかるんだよ。カエサル部長がパッと目を輝かす。

「ペイシェンス、何か考えているのだな！　予算は幾らでも使って良いぞ」

それは駄目でしょう！

「私は青葉祭にアイスクリームを売れば良いと思うのです」

二人はアイスクリームを知らないようだ。ペイシェンスも知らないみたいだけど、グレンジャー家は貧乏だからかなと思っていたよ。

「それはどんな物なのだ？」

私はアイスクリームメーカーの図を描きながら、卵、牛乳、砂糖を攪拌《かくはん》しながら冷やして固めたデザートだと説明する。

「ふむ、アイスクリームを一度食べてみないと話にならないな。そうだ、父がペイシェンスに会いたいと言っていた。家なら材料はあるから、アイスクリームは作れないか？」

生活魔法を使えばアイスクリームを作ることはできそうだ。

「それはできますが、青葉祭の間、ずっと錬金術クラブに付きっきりはできませんよ。錬金術クラブなのだからアイスクリームメーカーを作って下さい」

それはカエサル部長とベンジャミンも同意した。

「当たり前だ。そのアイスクリームとやらを食べてから考える。それでペイシェンスの予定はどうなのだ？」

ああ、土曜が勉強会で潰れるのが痛い。

「日曜なら空いています」

これで土日が塞がっちゃうよ。でも、湯たんぽを売り出してもらうのは嬉しいな。

「では父に予定を聞いてから返事をするが、多分、大丈夫だろう。日曜の昼から迎えに行こう」

あっ、カエサル部長はグレンジャー家に子守がいないことから貧乏だと察したのかな？ それか、一応、令嬢を連れ出すのだから父親に許可を得るのかも。いちいち面倒臭いね。どちらにせよ、馬のレンタル代が助かるよ。

「私もアイスクリームを食べてみたい」

ベンジャミンも来ることになった。では、これで青葉祭の話は終わりだ。カエサル部長とベンジャミンは洗濯機を作るのに集中している。

私は自転車の構造をあれこれ思い出しながら描く。

「全体図はこれで良いと思う。フレームと車輪とチェーンとペダルとサドルとハンドル。ブレーキは車輪をハンドルを握ってギュッとゴムで留めるのよね。あっ、それに自転車にはチリンチリンが必要よ」

ぶつぶつ独り言を呟きながら自転車の図を描いていたが、ベンジャミンに図を取り上げられた。

「今度は何を作ろうとしているのだ？」

カエサル部長も図を見て首を捻《ひね》っている。

「この横に突き出した板を回して車輪を回すのだな。もしかしてゴーレムなのか？」

ゴーレムって異世界のロボットみたいな物だよね。

「いえ、これはここに乗って、このペダルを足で踏んで回して、歩くよりも早く進む自転車という道具ですわ。上手く作れたら馬よりも便利かもしれません」

二人から変な目で見られる。

「ペイシェンス、こんな物をどこから考え出したのだ？」

カエサル部長に呆れられたよ。やはり駄目なのかな？

「いや、素晴らしい！　相変わらずペイシェンスの発明品は魔石を使わない物が多いな」

それはグレンジャー家が貧乏だからです。そこからは二人も協力してくれたので、自転車の構造をあれこれ考える。

「細かい部品を色々と作らなくてはいけないが、これも出来上がれば父が売りたがる商品になるぞ！」

ベンジャミンは図に描いたベルに首を捻る。

「これは必要なのか？　自転車に乗りながら召使いを呼ぶことなどないだろう」

ベルは召使いを呼ぶ為だけじゃないよ。

「これで前を歩く人に警告するのです。自転車が後ろから追い抜くよって」

ベンジャミンとカエサル部長に呆れられたよ。

「まだできてもない自転車に乗って人を追い越すことまで考えているのか？　ペイシェン

スは想像力豊かだな」

「そんな心配は、自転車ができてからすれば良いのでは?」

自転車といえばチリンチリンなんだよ。私の中ではね。三時間目いっぱい自転車の部品を考えて終わった。まだまだ部品を考えないといけないよ。確かにベルは後回しで良さそうだ。

それにしてもカエサル部長とベンジャミンは私より部品を考えるのが早い。何故だ!

うん、頭が理系なんだよね。自転車の仕組みを理解したら、どう部品が組み合わされるかもわかったようだ。

「ベンジャミン様、薬草学の時間ですよ」

髪の毛を掻きむしりながら、自転車の設計図に夢中になっているベンジャミンに声をかける。

「ああ、温室に行かなくては……カエサル部長、勝手に私の設計図に手を加えないで下さいよ」

いやいや、それは私の自転車なんですけど……まぁ、良いか。男の子って機械いじり好きだね。

温室では、下級薬草の種を採ったし、毒消し草も収穫したよ。種が欲しいから二株は残しておく。マキアス先生からいっぱい種を預かっているけど、それはあの温室で育てる分だからね。こっちのは自分用だよ。冬休みに育てて売る予定なんだ！　春から秋は安くなりそうだから作らないよ。

「ペイシェンス、その毒消し草は高く買うよ」

勿論、売るよ！　学期末、幾らもらえるかな？　楽しみだ。

「さて、これで授業はお終《しま》いだわ。温室に行かなくては！」

相変わらず元気のない下級薬草に手を焼いているベンジャミンは、温室から出ていく私を羨ましそうに見ている。ベンジャミンも水やりを真面目にしないと、二回目の下級薬草も枯れてしまいそうだ。

「今日は毒消し草を植えよう！」

また泥団子をいっぱい作るよ。それに細くて小さい毒消し草の種を一つずつ入れていく。前みたいに畝一列だけじゃないから大変だ。全て植え終わったら、上級薬草と共に浄水をやっておく。これから毎日温室通いだ。空き時間がある日は良いけど、火曜はないんだよね。

裁縫は水玉のドレスが出来上がったら修了証書がもらえそうだけど、できたらマーガレット王女の側にいた方が良さそうだ。それに六着ドレスを作らなくてはいけないのかもしれない。

「火曜は音楽クラブがあるから放課後も潰れるし、朝しかないな！」

早起きに問題はない。だって異世界に来てから寝る時間がとっても早いのだ。グレンジャー家は蠟燭《ろうそく》代をケチる意味もあったけど、寮だって消灯時間は早い。時計ないから正確にはわからないけど九時か一〇時には寝ていると思う。前世では一二時が普通で、休み前は二時とかもザラだったよ。

まぁ、成長期には一一時前に寝ていた方が良いって説もあったもんね。でも、前世の私は宵っ張りだったけど、背は高かったんだよね。遺伝とかもあるかもね。

第四章　自転車

金曜の午後は錬金術クラブだ。でも、その前に温室で上級薬草と毒消し草に浄水をやり、魔法もかけておく。毒消し草は葉の芽にだけかけないといけないので、少し時間がかかる。

「今日は糸通しを作ろう！　その後で自転車の部品を作れたら良いな。タイヤとブレーキのゴム、何か代用できる物があれば良いけど」

サッと生活魔法を自分にかけて、錬金術クラブに急ぐ。今日こそは遅くならないように気をつけよう。

「おお、ペイシェンス、遅かったな」

毎回、遅かったなと言われるが、まだ三時間目だよ。

「さぁ、自転車を作ろう！」

やる気満々のカエサル部長だけど、私は糸通しを作りたいのだ。それにこれもバーンズ商会で売れそうな商品だと思うからね。まぁ、バーンズ商会がどんな物を売っているのか知らないけどさ。

「カエサル部長、今日は糸通しを作りたいのです」

図を見せるが、露骨にガッカリされた。

「こんな物より、自転車だろう！　さぁ、部品の設計図は作ったのだ。あとは実際に作って組み立てたい」

自転車の設計図は凄く精密に描かれていた。

「あのうカエサル部長、このタイヤとブレーキの素材はあるのでしょうか？　中に空気を入れたいのです。弾力性があって、しかも丈夫な素材が必要なのです」

さあ作ろうと前のめりになっていたカエサル部長は、ハタと立ち止まる。

「巾に空気を入れるのか？　ううむ、弾力性があり、なおかつ丈夫？　スライムはどうだ？」

ベンジャミンもやってきて、タイヤの素材について話し合っている。私はその隙に糸通しを作る。

「この細さでは針の穴に通らないわ。刺繍針なら大丈夫だろうけど。もっと細くしなくては！」

何度か失敗したけど、私は二通りの糸通しを作った。刺繍針用の少し太いけど丈夫なのと、普通の針用の極細の針金の糸通しだ。マーガレット王女と自分とメアリーに作った後、少し考えて一〇個ずつ作る。バーンズ商会への見本と、刺繍の先生と裁縫の先生へ渡す試供品だ。

「ペイシェンス、タイヤとブレーキは後回しにして、他の部品を作るぞ。馬車のブレーキは金属で作られているから、まずはそれで良いだろう。タイヤとかも木製か金属で作ってみよう」

　カエサル部長は兎《と》に角《かく》自転車を組み立てたいようだ。私も糸通しはできたから一緒に作るよ。

「このチェーンは難しいな。ペイシェンス、作ってみるか？」

　私はカエサル部長が描いた設計図をよく見て、前世のチェーンのイメージも思い浮かべながら「チェーンを作れ！」と唱える。

「なかなか良さそうだ。他の部品も作ろう！」

　他のメンバーもやってきて、順番に作っていく。部品が多いから、一人で作ったら魔力切れになりそうだ。サイズもキチンと描いてあるから、ちゃんとできていれば大丈夫だろう。

「さぁ、組み立てるぞ！」

　私的には金属の車輪はいただけないけど、スライムの粉はさすがの錬金術クラブにも常備していない。組み立ては男子が嬉々《きき》として行う。何個か部品の不具合もあったけど、作り直して自転車Ⅰ号機ができた。

「これが自転車なのか？」

　ブライスとアーサーは部品を作るところから参加していたので、全体像がよく理解できていなかったようだ。

「この車輪は金属でない方が良いと思うけど、一応は完成ですね」

全員の目が私に向いている。何?

「で、ペイシェンス、これをどう走らせるのだ?」

あっ、そうか! 誰も自転車に乗ったことないんだね。

「私も初めてですが、乗ってみますね」

フレームを跨《また》いでサドルに座ると「ちょっと待て!」とブライスが止める。

「ペイシェンス、その乗り方で良いのか?」

一瞬、意味がわからなかったけど、女の人が馬に跨いで乗るのも駄目な世界なんだ。でも、馬と違ってフレームは細いから大丈夫だよね?

「ええ、この乗り方しか考えられませんわ」

何故かブライスは頬を染めている。でも、それより乗れるかどうかが問題だ。

ハンドルを持ち、ペダルに足をかけて回す。うん、やはり金属の車輪だから乗り心地悪いよ。その上、サドルも金属だからね。革で中にクッションを入れたいな。

クラブハウス内を一周する。うん、ブレーキも要改善だ!

「凄いぞ! 私にも乗せてくれ!」

まるで子どものようなカエサル部長やクラブメンバーたちだ。でも、練習が必要だね。

足をつきつきしか進めない。

「やはり車輪は中に空気を入れたタイヤにしたいです。ブレーキも利きが悪いわ。あと、サドルは革製にして乗り心地を改善しなくては」

人の話を聞いてない。皆、自転車に乗るのに夢中だ。

「ペイシェンス、これは凄いぞ！　馬がいなくても速く移動できる。画期的な発明だ！」

自転車は便利だよ。まぁ、自分で漕《こ》がないといけないから、遠くには行けないけどね。王都ロマノの中なら十分だと思う。

「カエサル部長、タイヤを作りましょう。それとブレーキもサドルも改良しなくてはいけません」

さっきは聞いていなかったが、やっと耳に入ったようだ。

「なるほど、これならベルが必要だな」

ベンジャミンは早速ベルを作ろうと考えている。ベルは異世界にもあるようだ。召使いを呼ぶシステムとして、部屋の紐《ひも》を引けば召使い部屋のベルが鳴るのとかあるみたい。グレンジャー家は広いけど、そんなシステムは完備していない。夏の離宮へ行く途中に寄ったラフォーレ公爵家とかは、すっごく巨大だからなかったら鈴では聞こえないかもね。

「カエサル部長、この糸通しをお父様に見せていただけますか？　こちらの極細は普通の針用、そして少し太い方は刺繍糸用です」

カエサル部長は怪訝《けげん》な顔で糸通しを見たが、私が紙に包んで渡すと「見せておく」とは言ってくれた。

今一つ糸通しの便利さが理解できていないようだ。

「お父様もこの糸通しの便利さが理解できるか不安ですわ。屋敷の家政婦かメイドに使ってもらって下さいとお伝えしてね」

これは男には便利さはわからないかも？　あっ、テイラーとかの男の人は別だよ。

「もう寮に帰らなくては！」

薄暗くなりかけている。今日はブライスも自転車に夢中なので、一人で寮に帰る。

「明日は勉強会、明後日はバーンズ公爵家なのね。弟《エンジェル》たちとの時間が少なくなるわ」

今回はどうにか暗くなる前に寮に着いた。マーガレット王女は王宮だし、自由時間だ。刺繍の内職と行政と法律の勉強をしよう。あっ、それと『音楽家ベリエール』を読んでレポートも書かないといけない。ちょこちょこと読んでいたけど、これは日記というより家計簿だよ。集中力が続かなくて完読できていない。うん、完読は諦めてローレンス王国にいた時代の収入や支出をまとめて、エステナ聖皇国に行ってからの収入と支出を書き出して、その比較をする。一目瞭然だよ。それに、日記からの抜粋でレポートは書き上げた。

ラフォーレ公爵の音楽好きには少し付いていけない感じもしたけど、あのくらいのパトロンがいないと音楽家はローレンス王国にいつかないのかも。文化事業支援とかの部署は行政で勉強した限りは見当たらなかった。音楽好きな貴族、演劇好きな貴族、文学好きな貴族がパトロンとして援助している感じだ。うん、レポートに文化事業支援をする組織の必要性を書き足そう。

レポートを書き終えて、下の食堂でゆっくりと食べる。うん、このリラックス感、良いよね。さぁ、内職、内職！

刺繍Ⅲで絵画刺繍を習っている。うん、細い絹糸で刺していくのだから、なかなか進まないよ。生活魔法を使いたくなる誘惑に負けないように少しずつやり方を覚えていく。やり方を覚えたら、生活魔法を使っても良いかもね。でないと一年がかりだもん。

今は、見知らぬ令嬢の嫁入り支度の刺繍をしている。こんなテーブルナプキンにも自分と相手のイニシャルを刺繍するんだね。大変だよ。まぁ、これで儲けさせてもらっているから良いんだけどさ。これは内職だから、最初からバンバン生活魔法をかけて数をこなす。こんなにテーブルナプキンを持っていくってことは、きっと晩餐会《ばんさんかい》とかパーティとか開くようなお金持ちなんだろうね。

「これで刺繍はお終いね」

明日の朝は温室に行って、あとはメアリーが来るのを待つだけだ。早く来てほしいな。昼食は絶対に弟たち《エンジェル》と家で食べるよ！　勉強会も二回目だから伯母様も少しは落ち着いているだろう。

温室で上級薬草や毒消し草の世話をして、冷えた身体を暖炉の前で暖めていると、メアリーがやってきた。今日はいつも通りだ。

「お嬢様、ノースコート伯爵夫人からのお手紙です」

えっ、またなの？　前と同じで良いじゃん！　エバがパンケーキの焼き方をノースコート伯爵家の料理人に教えているから、それで良いんじゃない？

少しでも弟《エンジェル》たちと一緒にいたいから、馬車で手紙を読む。

「昼食を一緒にはパスだわ。ええっ、パンケーキ以外のお菓子か、面倒だわ。クッキーかしら、キース王子は気に入ってパクパク食べていたもの」

またエバを派遣しなくてはいけないようだ。あれっ、クッキーやパウンドケーキなら冷めても大丈夫だから、材料だけもらえば家で作って持っていけば良いのかも？

なんて考えて、昼食は家で食べることと共に手紙で書いてメアリーに持っていってもらう。その間は、ナシウスとヘンリーと一緒に過ごすよ。

「お嬢様、返事ですわ」

あっ、この雰囲気は駄目だったようだ。やはり伯母様は昼食を一緒に食べて待機してほしいみたいだ。それとエバにはノースコートの料理人に教えてほしいから来るようにだってさ。やれやれ。

ドナドナされる気分でノースコート伯爵家の馬車にメアリーと乗る。今回で勉強会は終わりにするぞ！　ＮＯと言える女になるんだからね。

勉強会は順調だった。キース王子も古典への嫌悪感が薄れて、この一週間はかなり真面目に勉強したようだ。これなら飛び級できそう。サミュエルもかなり勉強したね。飛び級は無理でも古典が足を引っ張ることはない。余裕でＡクラスキープできそうだ。

「キース王子もサミュエルも古典はこのくらいで大丈夫ですね」

これで本来の目的は達成した。あとは、キース王子の歴史とサミュエルの数学だよ。へへへ、こんな勉強会をずっと続ける気はないんだ。私の本気を見せてやろう！

「キース王子の歴史、これでヒューゴ様と勉強して下さい。これを覚えれば修了証書をもらえますわ」

カードの表に歴史の事件を書き、裏に年号と内容を書いたのを渡す。

「これを全部覚えるのか？」

前世の単語カードの大きいバージョンのを何個も渡したからね。金属の輪っかじゃなくて、穴を開けて紐で括ってある。

「ええ、ヒューゴ様と協力してクイズ形式で勉強すれば捗《はかど》りますわ。さぁ、やってみて下さい」

ビシバシやるよ！　それに暇そうなラルフにはサミュエルの数学の勉強の手伝いをさせ

る。私は優雅に読書といきたいけど、法律の教科書を読む。これに懲りて勉強会はなくなってほしい。だから容赦しない。

「キース王子、ヒューゴ様。その一つ目は終わりましたか？　なら、テストをしますわね」

ヒューゴから単語カードを取り上げて、私がクイズを出して二人に競わせる。うん、かなり覚えているね。

「間違えた番号のカードにはチェックを入れておきますね。二回目は、チェックの入ったカードだけを覚えれば良いだけですわ」

二人は無理だとか騒いでいるけど、このくらいしてもらわないと。弟《エンジェル》たちとの貴重な時間を潰されたんだからね。この二人へのクイズの出し役をラルフに代わってもらい、サミュエルの数学だ。うん、分数の掛け算と割り算でごっちゃになっているね。私も割り算で何故分母と分子をひっくり返すのかとかわからなかったもん。

サミュエルに割り算が分数になることを何回も説明する。そしてさせる。それを繰り返しているうちに、サミュエルが「あっ、そうか！」とやっと気づいた。

「あとは何回も問題を解けばできるはずよ！」

やったあ！　これで勉強会とはおさらばだ。なんて喜んでいたら、控えめなノックが聞こえる。

「お嬢様、お茶の時間だとノースコート伯爵夫人が言われていますわ」

キース王子に遠慮して、メアリーに呼びに来させたんだ。まぁ、予定終了だから良いよ。

応接間で死屍累々《しし》のメンバーとお茶をする。今日のお菓子はお茶の葉入りのパウンドケーキと苺ジャムがのったクッキーだよ。私は清々した気分でお茶を楽しむ。

「ペイシェンス、もう少し手加減をしてくれ」

キース王子、パウンドケーキとクッキーで文句を言う元気が出たようだね。ラルフとヒューゴも復活している。若い子は元気だね。

「今日で最後の勉強会ですから、私のできる限りを尽くしましたわ」

二度と御免だ！　強く言っておく。サミュエルは頭が分数に乗っ取られているみたいだ。頑張れ！

キース王子は『最後の勉強会』に抗議したいようだが、これ以上は嫌だからね。サミュエルはまぁ仕方ないかなぁ。私はショタコンだし、従兄弟だもんね。それに弟《エンジェル》たちと仲良くしてもらっているから。

どうにかキース王子たちを見送って、勉強会は終わった。サミュエルもキース王子との勉強会を私が避けようとしているのに気づいたみたい。

「ペイシェンス、またわからない所が出たら教えてほしいのだが……」

うん、それは良いんだよ。

「ええ、屋敷に遊びに来た時にでも教えてあげるわ」

サミュエルはにっこりと笑う。うん、かなり拗《こじ》らせ男子も素直になってきたね。

「では、私はペイシェンスに乗馬を教えてあげよう！」

それは遠慮します。

「明日は留守ですよ。学園の先輩の屋敷を訪ねますから」

サミュエルに一応は言っておく。乗馬訓練を逃げたと思われるのは業腹だからね。

馬車に乗る前にリリアナ伯母様がソッと封筒を私に渡した。

「ペイシェンス、サミュエルに勉強を教えてくれてありがとう。これはほんの感謝の気持ちですわ」

この薄さは小切手だと思う。嬉しい！　ナシウスの学園の支度に使いたいな。制服はお下がりで良いけど、下着やシャツは新品を着せたい。男物のシャツはシャーロット伯母様にもらった生地では駄目なんだって。もっとしっかりした生地だと聞いて、買わなきゃと思っていたんだ。

女学生の制服も夏物と冬物が一応はあるよ。デザインは同じだけど生地が薄くなるんだ。男子学生のはもっとわかりやすい。上着の生地の違いがはっきりとわかる。上級貴族の学生の上着は暖かそうなんだよね。前世のカシミアっぽい生地なの。それに中のシャツも生地が夏物と冬物では違うよ。

「ワイヤットに渡して、ナシウスのシャツの生地を買ってもらおう！」

馬車で浮き浮きとメアリーに話す。

「それも良いですが、お嬢様にも使って下さい。リボンとか髪飾りとか」

あっ、良いチャンスだ。

「そうですね。私も髪飾りが一つ欲しいと思っていたのです。明日、先輩の家の帰りにお店に寄りたいわ」

うん、これなら良いんじゃないかな？　あれっ、メアリーの目が据わっているよ。怖いんだけど……何？

「お嬢様、その先輩の家への訪問とやらはいつ決められたのですか？　子爵様に許可はいただいておられるのですか？　それと誰方《どなた》なのでしょう」

あっ、忙しすぎてメアリーにも父親にも言ってなかったよ。

「お父様には家に帰ってから許可をいただくわ。錬金術クラブの先輩のカエサル・バーンズ様の屋敷に招待されているの」

メアリーが指を組んで「バーンズ公爵家にいらっしゃるのですか？」とえらく力を込めて問いかける。

「ええ……あっ、メアリー、誤解をしないでね。今回の話は湯たんぽをバーンズ商会で売ってもらうことになった件での訪問なのよ。ワイヤットには話したけど、お父様に話す

ないでしょ。

湯たんぽの件と聞いて、メアリーは力が抜けた。縁談だとでも思ったのかな？　あり得ないでしょ。

私は屋敷に帰って父親の書斎に行く。ワイヤットに話しただけで、父親に話すのを忘れていたのだ。ノックして返事を待って入る。

「お父様、湯たんぽの件で明日はバーンズ公爵家に行くことになったのです」

父親は本を置いて、微笑む。

「湯たんぽは良い道具だね。ワイヤットから聞いているが、ペイシェンスはそれを世間に広めたいと考えているそうだね。頑張りなさい」

ワイヤットから話は通じていたようだ。でも、今度からは忘れないようにしよう。

第五章　バーンズ公爵家

日曜の午前中は弟《エンジェル》たちと過ごす。絶対に誰にも邪魔させないからね！　美術、音楽、ダンスを教えると、あとはお遊びだ。庭で縄跳びをしたり、竹馬に乗って競走する。うん、惨敗しちゃったよ。

「さぁ、温室で苺を採りましょう」

家で食べるのも採るけど、バーンズ公爵家にお土産のも採るよ。昨日もお土産に採ったけど、その後で生活魔法で後押ししていたから、赤い苺が葉っぱの陰から覗いている。

「今日もお姉様はどこかに行かれるのですか？」

ナシウスの寂しそうな目にグラリとなる。でも、湯たんぽを売ってほしいんだ。お金になるのもあるけど、寒い思いをしている人に暖かく眠ってほしい。夜中に寒くて起きるのは本当に辛《つら》いよ。

「ええ、ナシウスやヘンリーも使っている湯たんぽを売ってもらう為の話し合いをしに行くのです」

ヘンリーもしょんぼりしていたが、私の話を聞いて喜んでくれた。

「湯たんぽは温かいから良いですよね！」

ナシウスも嬉しそうだ。

「湯たんぽが売れたら、寒くて眠れない人も助かります。お姉様、頑張って下さい」

うん、頑張るよ！

昼食には珍しく卵料理、オムレツが出た。父親も驚いている。私が王宮へ行った後は、稀《まれ》に出ることがあるけど、この二週は行ってないからだ。

「ノースコート伯爵夫人から勉強会の茶菓子を作りに行ったお礼にエバがもらったのです」

メアリーに言われて、なるほどねと納得する。

「美味しいね」ヘンリーの笑顔で二回の勉強会の疲れが飛んだよ。マジ天使！

昼食が終わればカエサル部長が迎えに来てくれるのを待つだけだと思ったが、メアリーに捕まって余所《よそ》行きに着替えさせられた。だって、帰ったら寮に行くから制服で良いかなって思ったのにさ。駄目なんだよね。髪の毛もいつもより凝った髪型だ。ハーフアップは同じだけど、編み込みが入っている。

用意が整った頃、カエサル部長が迎えに来た。制服ではないカエサル部長は、やはり公爵家のお坊っちゃまだ。父親に挨拶して、私を屋敷に招待する許可を取る。そして侍女のメアリーを連れてやっと馬車に乗るんだ。面倒臭いね。

「ペイシェンス、そんな格好をしていたら普通に令嬢に見えるな」

やめてよ、メアリーが、私が学園で何をしているのかと不安そうだ。

「カエサル様も令息らしく見えますわ」

二人でプッと吹き出した。

「あっ、ペイシェンスが渡してくれた糸通し、家の家政婦がえらく褒めていたぞ。父上もそれを聞いて驚いていたな。それも売りたいそうだ」

やったね！　糸通しは本当に便利なんだよ。

「それとアイスクリームを食べたいと、ベンジャミンが朝から押しかけてきた。彼奴《あいつ》はよく来るから良いのだが、余計なことを父上に言うから困ったことになった」

ベンジャミンとカエサルは前から家の付き合いがあるようだ。ハイソな付き合いなんだろうね。

「困ったこととは？」

「自転車のことだ。まだ完成していないのに父上は凄く興味を持たれているのだ。このままでは取り上げられそうだ。ペイシェンス、死守してくれ」

カエサルの父親は押しが強そうだ。私は押しに弱いのに困ったな。

「カエサル様のお父様は魔石を使わない道具に興味を持たれるのですね」

湯たんぽの時にそう言っていたよ。

「ああ、庶民で魔石を買える者は少ないからだと言っていた」

その通りだよ！　グレンジャー家も魔石が一年前は買えなかったんだよ。なんて話しているうちにバーンズ公爵家に着いた。うん、大きくて立派なお屋敷だよ。

遣り手だと評判のバーンズ公爵と会うのだ。少し緊張しちゃう。

カエサル部長にエスコートされて馬車から降りる。へぇ、紳士的に振る舞えるんだね。感心、感心。

執事が扉を開けて入れてくれる。

「よう、ペイシェンス！」

ベンジャミン、口を滑らせたくせに軽いね。でも、気が楽になったよ。メアリーは別室に案内された。本当に侍女の付き添いって必要あるのかな？

三人で応接室に入る。あっ、カエサル部長を年取らせたらこんな渋い格好良いおじ様になるの？　ロマンスグレーの紳士だ。まぁ、私はショタコンなので守備範囲外だけどね。

「父上、こちらがペイシェンス・グレンジャーです」

家でのカエサル部長って本当に上級貴族っぽいね。

「ペイシェンス嬢、よく来てくれたね。私はアロイス・バーンズだ。さぁ、座って下さい」

なんだか話しやすい人だ。商会を立ち上げているだけある。人当たりが柔らかいんだけど、目は相手の中を見透かしている感じだ。

バーンズ家の綺麗な上級メイドがお茶をサービスする。うん、お金持ちの家には客の相手をする綺麗な上級メイドがいるとは聞いていたけど、初めて見たよ。

やはりバーンズ公爵は商会をしていても上級貴族だね。すぐに湯たんぽの話にはならなかった。お茶を飲みながら、王立学園や錬金術クラブの話をひとしきりする。

「ベンジャミンは私の甥《おい》になるのだが、プリースト侯爵家にいるより家にいる時間の方が長いようだな」

ベンジャミンがプッと膨れる。

「伯父《おじ》様から家の父と母に言ってほしいです。魔法使いコースを取ったことをネチネチ文句を付けるのです。今からでも文官コースか騎士コースを取れと毎日うるさくて！」

へぇ、ベンジャミンは侯爵家なんだね。なるほど、なんとなく他の学生の態度で上級貴族だろうと思っていたけど、納得だよ。

「それは自分でしなさい。さて、ペイシェンス嬢、この前カエサルから渡してもらった湯たんぽと糸通しの件だが、バーンズ商会で生産、販売をしたいと考えている」

身内の世間話からパッと商売の話に切り替わった。うん、私も切り替えなきゃ！

「はい、カエサル様から話を聞いています。お願いいたします」

カエサルから「即答して良いのか」と呆れられる。

「ペイシェンス嬢は商売がわかっているな。信頼には信頼で応えよう。ここに契約書を用意してあるが、家に持ち帰って相談してから署名してくれ」

うん、まだペイシェンスは一一歳だもんね。父親とワイヤットに相談するよ。でも、ザッと書類を読んでみる。

「何か問題はあるかい？　それか要求があるなら聞いておこう」

バーンズ公爵は信じるけど、一つだけ言っておきたい。

「いえ、私は湯たんぽと糸通しをなるべく安価で販売してほしいのです。ローレンス王国の冬は寒いので薪《まき》を十分に買えない人たちに湯たんぽを普及させたいと考えて作ったからです。それと年老いて縫い物の内職ができなくなる女性にも糸通しは助けになりますわ」

バーンズ公爵は、そうしようと約束してくれた。

「ペイシェンス、高く売れた方がお前の取り分も多くなるのだぞ」

ベンジャミンはわかってないね！

「ベンジャミン、お前は文官コースを取って少し勉強しなさい。カエサルと錬金術クラブに入り浸る暇があるのなら文官コースぐらい取れるだろう」

あっ、バーンズ公爵から叱られたよ。カエサル部長は意味がわかっていたようだからセーフなのかな？

「ペイシェンスなら儲かる商品もバンバン発明しそうだな」

そうだよ！　お金持ちからはガッツリいただくつもりだからね。にっこりと笑う。バーンズ公爵にも意味は通じたようだ。

「それは自転車という道具のことかな？」

ああ、ベンジャミンの軽口だよ。

「まだまだ改善しなくてはいけませんわ」

あっ、バーンズ公爵から圧を感じるけど、負けないよ。あれで売り出したら、とんだ欠陥商品だもの。にっこりと笑って逸らす。

「おお、そうだ！　ペイシェンスには青葉祭で作るアイスクリームとやらを作ってもらうのだった」

カエサル部長も話を逸らすのが上手いね。

「ええ、アイスクリームは、本来は暑い夏のデザートですけど、暖炉の前で食べるのも贅《ぜい》沢《たく》ですわね」

カエサル部長とベンジャミンとメアリーとで台所へ向かう。

「卵と砂糖と牛乳は用意してある」

メアリーの目が厳しいから、バーンズ家の料理人に指図するやり方でアイスクリームを作る。自分でした方が早いけどね。

「卵黄だけをボウルに割り入れて軽く混ぜて下さい。そして砂糖を入れて……あっ、そのくらいで止めて！　よく混ぜたら、牛乳を入れて混ぜて下さい。それに生クリームを入れて下さい。そのくらいで良いですわ」

あとは生活魔法で作るよ。ボウルを受け取り、スプーンで味見をする。良かった！　異世界の料理人はすぐに砂糖をいっぱい入れるからね。生卵だから、一応浄化しておく。

「アイスクリームになれ！」攪拌しながら冷たくするのを一言で言うならこれだよね。マキアス先生には格好悪い呪文だと呆れられそう。

「これがアイスクリームですわ。あっ、私が持ってきた苺を刻んでいただけます？　それとこのアイスクリームを半分に分けてボウルに入れて下さい」

苺の刻んだのを入れて、もう一度攪拌させる。スプーンで味見したら、うん、これはフレッシュ苺のアイスクリームだよ！

「お嬢様！」小さな声だけど、メアリーに味見を叱られたよ。でも、味見しないでバーンズ公爵に出せないよ。

「これをガラスの器に盛りつけて出して下さい」

カエサルとベンジャミンは、後ろから見ているだけだったよ。アイスクリームメーカー作ってもらうんだよ。わかったかな？

応接室にまた綺麗な上級メイドが、ガラスの器に盛られた二色のアイスクリームを持ってきた。

「ほう、これがアイスクリームか」

私が作ったから、まず手をつけるよ。

「美味しい！」

うん、異世界に来て一年と二か月。初アイスクリームだ。寒いグレンジャー家では冬に食べたいとは思わないけど、バーンズ公爵家の応接室は暖かいから美味しいよ。

公爵もカエサルもベンジャミンも食べて「美味しいな」と驚いている。

「これは青葉祭に出したら評判になりそうだ！　新入部員が確保できるかもしれない」

カエサル部長はブレないね。錬金術クラブが大好きなんだ。

「アイスクリームの魔道具を作ったら、うちで売るぞ！　夏場のガーデンパーティにうってつけだ」

バーンズ公爵は商売熱心だね。そうだ、良いことを思いついた。こんな機会を逃さないよ。

「バーンズ公爵、私は家と学園しか知りませんの。バーンズ商会を見学させていただけませんか？」

カエサルとベンジャミンに呆れられたよ。

「そんな箱入り娘とは思えなかった」

ベンジャミンは素直だね。カエサル部長は父上の前だからマナーを守って口に出さなかったよ。

「ペイシェンス嬢、ぜひともバーンズ商会を見て下さい」

うん、バーンズ公爵は私の意図に気づいているね。そう、市場調査は大事なんだよ。

嬉しい！　前に学園を抜け出して本屋さんと八百屋《やお》さんと花屋さんを覗いた以来の外出だ。ノースコート伯爵家とかは訪問だもん。意味が違うよ！　メアリーもカエサル部長とベンジャミンが一緒だから文句は言えない。

バーンズ公爵家の屋敷があったのは上級貴族のエリアだった。うん、グレンジャー家もこのエリアに屋敷はあるんだよ。前はちゃんと俸給をもらっていたんだろうね。

馬車で少し走ると屋敷が少し小さくなった。といっても前世の豪邸だよ。もう少し走ると前庭がなくなってきた。家がびっしり建っている。パリの街並みみたいだ。中庭とかありそうだけど、道沿いは同じ様式のアパルトマンが続いている。ここら辺は下級貴族か平民の金持ちが住むエリアなのかな？

「あそこがバーンズ商会のロマノ本店だ」

うん、立派だね。ヨーロッパの老舗《しにせ》デパートみたいだ。街並みに溶け込んでいるけど、柱とかの装飾や一階部分のウィンドウディスプレイが目を引く。異世界としては頑張っているけど、前世の都会育ちとして見たら、愛想がないというか地味だね。売れ筋商品を並べているだけだよ。要改善だ！

なんて思いつつもしっかりチェックする。売れ筋は知っておきたいからね。ふむふむ、今は冬だから衣服はコートだね。そして魔道具は魔法灯、防具や剣も売っているんだ。そして、食器や鍋も……うん、食料品以外はなんでも売っているんだね。確かにウィンドウディスプレイとしては垢抜《あか》けてないけど、何を売っているかわかるのは良いのかも。

「ほら、中に入るぞ！」

店の前でウィンドウに見入っている私をカエサル部長が促す。うん、ここでもドアを開けて押さえてくれている。マナーはしっかり身についているね。

「一階は食器や鍋や道具類などだ。二階は衣料と防具や布製品が主だな。三階は魔道具や剣など高価な物が多い」

階が上になるほど、高い商品になるみたいだ。一階は調理器具や食器が並んでいるが、安価なマントとかのコーナーもある。

私はゆっくり見て回りたいと思ったが、カエサルとベンジャミンはさっさと二階へと上がる。男の人ってショッピングは嫌いなのかな？　嫌いでなくても、買いたい物だけ見る感じだよ。うん、だって二階もサッと通り過ぎて、三階の魔道具コーナーに向かうんだもん。

「おっ、結構な種類が並んでいるな」

私も魔道具には興味があるよ。でも、衣類とかも見たかったんだ。ぶーぶー！　とはいえ、私も魔道具を見るんだけどね。

「やはり魔法灯が多いな」

カエサルとベンジャミンは、魔法灯が置いてある場所は飛ばして見る。

そりゃそうだね、錬金術Ⅰで組み立てた量産型が並んでいるんだもの。値段はそこそこ高いけど、買えない額ではない。うん、刺繍の内職でも買えそうだ。

私の後ろでメアリーも見ている。欲しいのかも？　蠟燭より魔法灯の方が読書も針仕事もしやすいよね。魔法灯は錬金術で作れるけど、魔石が問題なんだよね。

「ローレンス王国は魔石が他の国より高いのですか？」

私の質問に他の魔道具を見ていたカエサルが振り向いて首を捻る。

「さぁ、魔石の値段について考えたことがないから、わからない。でも、ペイシェンスは何か知っているのか？」

お坊ちゃまめ！　魔石で苦労したことがないのだ。

「外交学の宿題の一つなのです。我国の文化を外国に認めてもらうにはどうしたら良いのかという課題なのです。魔道具を作るのはローレンス王国なのに、よく使われているのはソニア王国だとフォッチナー先生が言われました。私は魔石がソニア王国では安いのではないかと思ったのです」

ベンジャミンも魔石の値段が外国に比べて高いか安いか知らなかった。

「こういうことは支配人のパウエルに聞けば詳しそうだ」

私はまだ見たいのに、支配人室に引っ張られていく。

「おや、カエサル様、ベンジャミン様。何か欲しい魔道具がありましたか？」

ベンジャミンはバーンズ商会にもよく来ているみたいだね。

「パウエル、少し時間を良いか？　こちらはペイシェンス・グレンジャー。今度、ペイシェンスが作った湯たんぽと糸通しをバーンズ商会で製造、販売することになる」

パウエルはにっこりと笑って挨拶する。

「私は、マックス・パウエルと申します。ペイシェンス様、よろしくお願いいたします」

私も挨拶して、勧められたソファに座る。メアリーも椅子を勧められて、私たちの座ったソファの後ろの木の椅子に座った。

「パウエルには聞きたいことがあって来たのだ。我国の魔石の価格は外国より高いのか？」

パウエルは少し驚いた顔をした。

「カエサル様が商売のことに興味を持たれるとは、何か悪いことでも起こらなければよろしいのですが。冗談はさておき、確かに我国の魔石はソニア王国の二割増の価格です。どこでお知りになりましたか？」

二割増！　一二〇パーセントだよ！　そんな馬鹿な価格ってありなの？

「そんなに高いのか！」

カエサルとベンジャミンも驚いている。

「ええ、魔物の数も、討伐される数もそんなに違いはないと思うのだが……そうか、南大陸からの輸入だな。だが、輸入はコルドバ王国が盛んだと聞いたが？」

カエサルはよく知っているね。ベンジャミンは知らなかったようだ。

「南大陸には魔物が多いのか？」なんて聞いている。

「さぁ、それは知らないが、南大陸の輸出品は魔石と香辛料だ。ベンジャミン、やはり文官コースを取った方が良いぞ。あまりに常識がなさすぎる」

ベンジャミンが「そんな殺生な」とぼやいているが、カエサル部長は文官コースを取らなくても勉強はしているみたい。

「コルドバ王国は、魔道具はあまり普及していませんから、ソニア王国に輸出しているのでしょう」

なるほどね、ソニア王国って恋愛ばかりじゃないんだ。文化的生活を楽しむことにも積極的なんだね。恋愛は未だ興味ないけど、ソニア王国は行ってみたいな。オマルは二度と嫌だから、魔道具が普及していないコルドバ王国はパスだよ。唾が飛んでくるコルドバ語もパスしたいしね。

「あれっ、では何故ローレンス王国も輸入しないのかしら？」

変だよね？　と思って質問する。

「ああ、ソニア王国の王女がコルドバ王国に嫁いだからだな。カルロス王は麗しのレオノーラ王妃にメロメロだと噂で聞いたことがある。関税を安くしているのだろう」

そんな理由で？　驚くよ！

「まぁ、我国も魔石の輸入はしていますが、関税もかかりますし、やはり庶民には高いようですね」

本当だよ！　もっと魔石が安くならないかな？　でも、前世には魔石なんてなかったんだ。

「カエサル様、ベンジャミン様、魔石を使わない便利な道具を造らなければいけないのですわ！」

「それは魔道具ではないではないか！」

「魔法陣と魔石はセットだぞ」

二人に呆れられたよ。でも、パウエルは喜んだ。

「その通りです。ぜひ、お願いします」

私は呆れている二人に「自転車は魔石を使いませんよ」と思い出させる。

「ああ、あれは良いんだよ」

「そうだ、タイヤの素材はバーンズ商会にないかな？」

勝手だね、自転車は好きだから良いみたいだ。でも、私もタイヤは改善してほしいから、三人であちこち探してみる。

「パウエル様、南の大陸には粘っこい樹液を出す植物はないでしょうか？　それか弾力性のある物とかはご存じありませんか？」

パウエルも首を捻っている。

「私も南の大陸には行ったことがございませんので、申し訳ありません」

ゴムの木があれば良いなと思っていたのだけど、あったとしても手に入れる手段もない。

「スライムの粉は売っていたから、これでやってみよう。座る所の革もあるぞ」

「カエサル様、何かクッションも必要だよ」

カエサル部長とベンジャミンは自転車に夢中だ。

「あっ、ハンドルにも革を巻いた方が持ちやすいですわ」

まぁ、私もかなり楽しみにしているんだけどね。

『お嬢様』メアリーが無言で私の袖を引っ張る。

「まぁ、こんな時間になっていますわ。私は寮に戻らなくてはいけません」

結局、食器や鍋も衣類も見られなかったよ。残念だ。

カエサル部長とベンジャミンに送ってもらった。父親は挨拶に訪れたベンジャミンに少し驚いていたが、私はそれどころではない。契約書はカエサル部長が父親に渡してくれたけど、説明は来週だね。

マーガレット王女が寮に着く前に戻りたいのだ。一々、迎えに来ては挨拶、送ってきては挨拶。本当に面倒臭い。

弟《エンジェル》たちとのキスは急いでいても忘れないけどね。

どうにかギリギリセーフでマーガレット王女より先に寮に着いたよ。ホッ……。

第六章　授業やクラブで忙しい

なんだか月曜から忙しい。日曜、ギリギリに寮に戻ったから、温室へ行けなかったんだ。だから、早起きして温室で上級薬草と毒消し草の手入れをする。薬草学の温室の上級薬草二株はもう種が採れそうだ。あとは毒消し草二株に浄水をやっておく。

「なかなか真面目にやっているね。明日には上級薬草の種を採って良いよ」

相変わらずマキアス先生は気配がしないから、驚いちゃうよ。それに素早い。私もマーガレット王女を起こしに行かなきゃいけないから早足のつもりなんだけど、全然追いつけないよ。

月曜の一時間目は外交学で私は結局二つレポートを書いたんだよね。音楽家のと魔石のとね。いつものようにフィリップスと教室移動だ。

「ペイシェンス、あの本は役に立ったか？」

教室に着くと学生たちはお互いのレポートについて話し合っていた。うん、足が遅いから同じタイミングで中等科一年Aクラスを出たけど着いたのは最後なんだよ。早足の練習をしなくては！

「ラッセル様、とても役に立ちましたわ」

他の学生もレポートを見せ合っているので、私もレポートをラッセルに見せる。

「えっ、これは凄いな！」

どこか変だったのかな？　異世界のレポートって違う書き方なの？　不安になるよ。

「どれどれ？」なんてフィリップスも覗き込んでいる。

「あの本でこんなに細かい情報を整理してレポートを書くなんて、ペイシェンスは賢いな」

ラッセルに家計簿にまとめたのを褒めてもらったよ。これはマーガレット王女の家政数学の宿題を手伝ったお陰かもね。

フィリップスは二つ目の短い魔石のレポートを読んで驚いている。

「あっ、私のレポートと同じ結論だね」

フィリップスの魔石の値段のレポートの方が詳しいよ。

「いいえ、フィリップス様の方が詳しく書かれていますわ」

ラッセルのは、もっと全体的に考えたレポートだった。やはり文化交流支援の部署の必要性とソニア王国の文化省について調べて書いてあった。

今回の授業は各自のレポートについての議論だった。他の学生も調べてレポートを書いていたけど、ラッセルとフィリップスほどは詳しくなかった。

「ペイシェンス、ラッセル、フィリップスは合格だな。他の学生はもう少し頑張りたまえ」

フォッチナー先生に褒められたよ。嬉しいな。

世界史はハドリアヌス帝が東方遠征を始めたよ。フィリップスはとっても嬉しそうに授業を受けている。私は領土を拡大しすぎたのがカザリア帝国の滅亡の理由の一つだと思っているから、こんな遠征で財力を傾けるのは間違っている気がするよ。広けりゃ良いってもんじゃないと思うけどね。

「これからハドリアヌス帝の遠征の授業が続くな！」と喜んでいるフィリップスには言わないけどね。

「私は退屈だな。それに彼方此方に行くから年号を覚えるのが大変じゃないか」

私はラッセルの意見に一票だよ。春学期の期末テストはハドリアヌス帝の遠征の年号で苦労しそうだもの。

お昼はキース王子とラルフとヒューゴから勉強会のお礼を言われた。ラルフには教えてないんだけど、まぁ良いか。

「この前ペイシェンスが言った通りにお茶会のことを思い出して書いたら、マナーⅠは合格できたの。でも、マナーⅡを取る時間が空いてないから、そのままマナーⅡになったのよ」

マーガレット王女も順調にマナーの授業を受けているようだ。

「マナーⅡは昼食会、マナーⅢは晩餐会ですから、マーガレット様なら大丈夫ですわ」

修了証書が取れそうなので、ご機嫌なマーガレット王女だ。

「でも、家政数学には苦労しそうだわ。それと裁縫と料理もね。今週は何かしらと皆も不安なのよ」

ハムステーキも焦がしたみたいだけど、魚みたいに炭にはならなかった。きっとスペンサー先生もメニューを考え直しているだろう。

「マーガレット様ならきっと大丈夫ですよ」と励ますしかない。この話題にはキース王子たちは参加しないから、昼食時は家政コースの話をすれば良いかもね。何を言っても危険すぎるから口出しできないもん。

彼方は騎士コースの話をしているし、平和だよ。


昼からは今のうちはフリーだ。朝、薬草学の温室もチェック済みだからね。五月の座学までは錬金術クラブだ。

「おっ、ペイシェンス、待っていたぞ」

相変わらず二人って昼食を食べているのかなって早さだよ。

「スライムの粉を加工するのは前から考えられているのだが、タイヤにできるほどの強度はないのだ」

私はスライムを見たことがないし、スライム粉も初めてだよ。

「カエサル部長、スライム粉で何を作られているのですか？」

二人は「トイレには必要だと聞いたぞ」と何故かはにかみながら教えてくれた。私が女の子だからトイレとか言わないのがマナーみたいだね。

スライム粉に水を加えたら、もちっとした感じになる。

「触っても大丈夫ですか？」

何を聞いているのかわからないって顔で頷かれたよ。だって異世界ものではスライムの酸で溶けたりしているじゃん。

大丈夫そうなので触ってみる。ああ、これはスライムだわ。当たり前か！

「でも、引っ張ったら千切れますね」

もちもちしている弾力はゴムみたいなんだけど、強度が足りない。

「スライム粉に炭の粉を混ぜたらどうでしょう？」

ゴムが黒かったから思いついただけだよ。

「やってみよう！」

炭は窯の下にあるから取り出して、生活魔法で粉にする。

「ペイシェンスの生活魔法は便利だな。それに薬学と薬草学もほぼ修了証書をもらったも同然だし……」

そういえばカエサル部長は薬草学のテストを受けたはずだ。

「カエサル部長、薬草学の座学はどんな感じなのですか？　マキアス先生は教科書を読んでおけば良いなんて言われたのですが、不安だから座学も受けるつもりです」

ベンジャミンが爆笑した。

「カエサル様は座学までたどり着いてないのだ！」

「お前もきっとたどり着かないぞ！」

うん、二人とも薬草を放ったらかして錬金術にのめり込んでいるから枯らすんだよ。

「ペイシェンス、聞いておいてやるよ。もし、教科書を読むだけで大丈夫なら時間が空くからな」

ありがたい錬金術ラブなカエサル部長の言葉だよ。

「お願いします」と頼んでおこう。

スライム粉と炭の粉の混ぜる割合を色々と作る。こんな所はカエサル部長もベンジャミンも手を抜かない。

「うん、なかなか良いんじゃないかな？」

強度は出たけど、タイヤにするには固すぎる。

「ブレーキパッドには良いかもしれませんわ」

なかなかタイヤに向いたスライム粉と炭の粉の分量が決まらない。これは二人に任せよう。失敗作の炭の粉の少ないふわふわのスライムを手に持つ。ぷにぷにの感触が気持ち良い。

「このぷにぷにのスライムをクッションにしたら良いのでは？」

私はサドルの革のカバーの下にスライムを挟むと良いかもと、そちらをあれこれ試す。

「カエサル部長、これって良くないですか？　あっ、馬車のクッションにも良いかも！」

ロマノの中ぐらいなら大丈夫だけど、夏の離宮に行った時はお尻が痛くなったんだよ。革にスライムを入れたクッションがあれば良いんじゃないかな？

革は十分にあるから、クッションを縫ってスライムをぎゅうぎゅうに詰め込む。

椅子の上にクッションを置いて座ってみる。うん、良さそう。あとは耐久性のテストだね！

「サドルはこれで良いだろうが、ペイシェンス、お前は商品開発が上手いな。そのクッション、遠くの領地を行き来する貴族に売れそうだ」

「でも、スライムの耐久性が問題ですわ」

カエサル部長は少し考えて笑う。

「スライム粉はそんなに高価ではない。なんせ庶民のトイレに使うぐらいだからな。だから嵩《かさ》が低くなったら入れ替えたら良いのではないか？」

「あっ、このぷにぷにスライムを薄い布で包んだのを入れ替え用に販売しても良いですね」

「お前って変だな。普通知っていることを知らなかったりするのに、アイデアは凄い」

ベンジャミンに褒められたけど、私は異世界の庶民の生活を知らなすぎるね。オマルを一々回収して下水口まで持っていくの大変そうだ。だから、スライム粉で固めて処理しているんだ。まぁ、それでも最終的には下水口まで持っていかなきゃいけないんだね。

魔道具のトイレは下水口まで排水するみたいだけど、設置する時は下水から管を通したり工事が必要だよね。でも、トイレは絶対に普及させたい。

なんて考えてもタイヤはできない。

「ベンジャミン様、薬草学の時間ですよ」

錬金術クラブに未練タラタラのベンジャミンを追い出す。

「ペイシェンスは良いのか？」

カエサル部長は不思議そうな顔で残った私を見ている。

「ええ、薬草学の実習は合格しましたから」

凄く羨ましそうだ。

「カエサル部長は他の選択科目で良いのではないですか？」

うん、適性がないいんじゃないかな？　魔力的な適性ではなく、薬草への興味や愛情がないってところでさ。

「いや、魔法使いコースを取る時に全科目を制覇すると決めたのだ！」

なら頑張ってとしか言えないね。

この週はタイヤ作りに明け暮れた。なんだかわちゃわちゃした週になったよ。


火曜は空き時間がないから、朝早く起きる。月曜も朝から来たので、二日連続になるね。

午前中は地理と外国語だ。モース先生に借りたデーン語の本は返却済みだ。マーガレット王女もペイシェンスも音楽に優れていて音感も良いから、かなり上達したよ。

午後は裁縫なんだよね。私は本縫いをして、水玉模様を縫いつけるつもりだ。

「ペイシェンスが修了証書をもらったら困るわ」

昼食の場でのマーガレット王女の家政コースの発言にはキース王子たちも絶対に口を挟まない。どこが逆鱗《げきりん》かわからないからだ。

「今日、仕上がってしまいそうですが、六着縫わないといけないかもしれません」

マーガレット王女も変更後がどうなっているのか情報がないようだ。

「そうかもしれないわ。だって青葉祭と収穫祭にペイシェンスだけ制服は可哀想だもの」

いや、制服の方が良い方も多そうですよ。（マーガレット王女もね）私はそもそもダンスパーティに出なくて良いし、制服の方が気楽だよ。

「なんだか修了証書を取ってはいけないように聞こえるな」

キース王子たちは賢く無言を通していたのに、アルバート部長は通りすがりに口を挟む。

「まぁ、違いますわ。誤解を招くような言い方はよして下さい」

いや、誤解ではないと思うよ。

「そうか、なら良いのだ。ペイシェンスにはどんどん修了証書を取って新曲を作ってもらいたいからな。この頃、錬金術クラブにばかり力を注いでいる気がする」

アルバート部長はやはり面倒臭いね。そんなことをマーガレット王女の前で言わないでよ。

「誤解ですわ」と否定しておかないと、マーガレット王女に後からぐちぐち言われる。

「そうかな？　ペイシェンスが入部してからカエサルの機嫌が良いのだ」

「それは錬金術クラブが廃部にならなかったからでは？」

カエサル部長は洗濯機と自転車作りに夢中だからね。傍目《はため》からもわかるんだ。

「まぁ、それもあるだろうが……ペイシェンス、何をしているのだ？」

アルバート部長は音楽クラブの部長であって、錬金術クラブのことを指図される謂《いわ》れはない。

「それはカエサル部長にお聞き下さい」

アルバート部長は、フンと立ち去ったが、何故かキース王子が不機嫌だ。マーガレット王女なら（理不尽な音楽ラブな理由だけど）怒るのも理解できる。でも、なんで？　関係ないじゃん。

ラルフとヒューゴがキース王子にあれこれ話しかけて気を逸らそうとしている。えっ、私が悪いの？　意味不明だよ。


裁縫の時間に私はキャメロン先生に糸通しを二つあげる。試供品だよ。

「まぁ、これは便利ね」

先生はすぐに使い方を理解して喜ぶ。うん、針仕事する人には便利だとわかるよね。

勿論、マーガレット王女にも糸通しをあげたよ。使い方も教えてあげると、凄く喜んだ。

「ペイシェンス、これも錬金術で作ったの？　あの湯たんぽも夜暖かくて良いわ。ねぇ、湯たんぽと糸通し、お母様とジェーンにもあげたいの」

ほんの少しだけ錬金術クラブとの掛け持ちを許す気になったマーガレット王女だ。

「ええ、ぜひお使い下さい」

今週の金曜は王宮行きなので、それまでに湯たんぽと糸通しを作っておこう。

私はマーガレット王女と話しながらもチクチク縫って、水玉模様のドレスを仕上げた。

「ペイシェンス、この糸通し、学園で買いたいわ。どこで売っているのかしら？」

仕上げのチェックしてもらおうとキャメロン先生を呼んだのに、糸通しの話になった。

うん、このクラスの全員が必要だよね。キャメロン先生の糸通しは特に不器用な学生に貸している。ダレダロウネ……。

「これは私が作った物ですが、バーンズ商会で売り出される予定ですわ」

キャメロン先生は少しでも早く手に入れたいと、凄く熱心だ。

「もしかして、刺繍でも同じでしょうか？　数個ぐらいなら私が作っても良いですが、数が多くなるのでしたらバーンズ商会に急ぎとお伝え下さい」

キャメロン先生は刺繍のマクナリー先生や他の先生たちと相談してバーンズ商会と話し合うと言われた。宣伝は大切だよ！

「ああ、ペイシェンス、ドレスが出来上がったのね。ええ、上手く縫えているわ」

さて、修了証書がもらえるのか、それとも六着縫わないと駄目なのか？　ちょっとドキドキするよ。

「去年までだったら、こんなに上手に縫えたら修了証書を出したと思うの。でも、今年から厳しくなったでしょ。やはり冬用のドレスも縫ってもらわないと修了証書は出せないのよ」

六着とは言われなかったが、冬用のドレスも縫わないといけないみたいだ。隣でマーガレット王女が小さく息を吐いた。ホッとされたのだろう。目を離すと、とんでもないことをするからね。でも、私がいるうちに基本だけでも覚えてもらおう。

「冬物の布は次の授業までに用意しておきます」とキャメロン先生が言ったので、今日はマーガレット王女のドレスをなるべく多く縫えるようにしなくては！

「スカート部分は出来上がっていますね。あとは前身頃と後ろ身頃の肩を縫い合わせて、スカートと縫えば仮縫いは終わりです」

チャコで縫い合わせる所に同じ印を描いておく。これで次の週まで縫う場所はわかるだろう。

「ペイシェンス、カエサルとベンジャミンには気をつけるのよ」

マーガレット王女がマチ針で同じ印の所を打ちながら、忠告してきたけど、意味がわからない。

「もう！　貴女は自分の値打ちがわかっていないのだわ。アルバートは音楽の才能に夢中だし、あの二人も貴女の錬金術の才能に夢中になるわ。それに錬金術クラブに女学生は貴女一人なのだから気をつけなくては駄目よ」

アイデアはあるけど、それを作る能力は未だない。マーガレット王女はそんなことを知らないのだ。それより、マチ針がズレている。

「マーガレット様、きちんとマチ針を刺さないと、ドレスは型紙通りに縫えませんよ」

マチ針ってきちんと刺すのが難しいんだよね。それにしても、マーガレット王女の縫う速度、遅すぎない？　それもシツケだからザクザク縫うだけなのに……ミシン作らなきゃね！　これも魔石要らないからバーンズ商会で売れそうだ。ただ、ミシンの構造をあまりはっきりとは覚えてないのが大問題なんだよね。後回しになりそう。

今は洗濯機に自転車、そしてアイスクリームメーカーを作らなきゃいけないんだもん。

私は個人的にヘアアイロンも作りたいし、メアリーや父親に魔法灯も作ってあげたい。ヘアアイロンは伯母様たちと従姉妹《いとこ》のラシーヌにお礼であげようかなと考えている。

サリエス卿《きょう》には何が良いのかわからないよ。でも、弟たち《エンジェル》に剣術指南を続けてくれているのだ。何かお礼をしたい。騎士の生活がどんなのかも知らないので、必要とされている物がわからない。やはり、バーンズ商会をもっと見学したかったよ。

第七章　色々と活動！

今週はスライムに始まりスライムに終わる感じだ。スライム粉って奥が深いよ。

「この割合が良いと思う」

何度も失敗を繰り返したスライム粉と炭粉の割合がやっと決まった。でも、タイヤ作りはこれからだ。

「中に空気を入れたいのです」

まず、空気入れと空気を入れる金具バルブ、そしてキャップも作らないといけない。私は前世のタイヤを思い出しながら細かい部品を描く。

「なるほどな、こうやって空気を入れるのか」

そこからはカエサル部長が張り切って空気入れやタイヤの空気口などを作る。

「タイヤはお前が作ってみろ。中の車輪にぴったりの大きさにするのだ」

本当はチューブだけとりかえるのだと思うけど、今は車輪にタイヤがくっついた一体型で作る。これは後で要改善だ。

車輪と金具バルブをスライムと炭の粉の混合体の前に持っていき、前世の自転車のタイヤを思い浮かべて「タイヤになれ！」とかなり魔力を込めて唱える。

「おお、それがタイヤか！　空気を入れてみよう」

　異世界で自転車のタイヤの空気入れをするとは思っていなかったよ。カシャカシャと空気を入れていたが、途中でベンジャミンが「代われ！」と言うから交代した。ゼイゼイ、体力なさすぎ！

　その間に私は金曜に渡したいから、湯たんぽ三個と糸通しを数個作る。

「なかなか空気が入らないな。この空気入れはもう少し考えないといけないぞ」

　どこかで空気が漏れているようで、ベンジャミンも疲れている。

「ええ、でもまずはタイヤを付けてみましょう！」

「そうだな！」

　三人でタイヤを付け、サドルも革の中に柔らかいスライムを入れてある。ブレーキには硬いスライムを使ったよ。ハンドルには細長く切った革を巻いてある。うん、前世の自転車にかなり近くなった。

「ペイシェンス、乗ってみろ」

　未だカエサルもベンジャミンも足をつきつきしか自転車を漕げない。私は改良自転車でクラブハウス内を一周する。

「なかなか良い感じですわ」

　ここで私はタイムアップだ。刺繍Ⅲに行かなくてはいけない。あともう少し絵画刺繍のテクニックを習うまでは、生活魔法は使えない。

「ペイシェンス、少しぐらい授業をサボっても良いんじゃないか？」

ベンジャミンの言葉にグラッとなるけど刺繍は受けたいんだ。内職にもなるし、好きなんだもん。

「いえ、受けます！」キッパリと断って刺繍の教室に向かう。

なんて強がったものの、刺繍をしながらも心は半分スライム粉の可能性について考えていた。クッションやボールもできるし、もしゴムに似た性質を持つならゴム引きの布も良いかもしれない。もし、撥水性《はっすい》を持たせられたら、マントとか、テントとか、荷馬車のカバーとかにも使えるよね！

「ペイシェンス、貴女は修了証書を出すわ」

しまった！　スライム粉で金儲けを考えていたせいで無意識に生活魔法を使って絵画刺繍を仕上げてしまっていた。

「あのう、すみません。生活魔法を使ってしまったのです。未だ絵画刺繍で習うべきことが残っているのに修了証書は困ります」

マクナリー先生は見事に仕上がった風景画を隅から隅まで見て「もう教えることはないわ」と断言する。

「それとペイシェンス、この糸通しは素晴らしいわ。裁縫の先生とも話したのだけど、バーンズ商会に早く納入してほしいと伝えて下さいね」

　糸通しは針仕事をする人には好評だ。いっぱい売れると良いな！　安く売ってもらうつもりだから、儲けは少ないけどね。

　異世界では子どももだけど女の人は生きるのが大変そうだもの。針仕事は儲からないけど、年をとってもできるから糸通しは役に立ってほしいな。老眼鏡も良いかもね！

「あのう、前に先生は夫のサーコートに刺繍すると言われましたが、マントとかに奥様でも婚約者でもなくても刺繍して渡しても良いのでしょうか？」

　マクナリー先生は恋バナが好きだね。キャッと胸に両手を組み合わせる。女学生みたい。おおっと、周りの女学生も耳ダンボだよ。

「それは良いですが、注意しないと好意を持っていると受け取られますよ」

「あのう、従兄弟に渡すのですが、駄目でしょうか？　弟たちに剣術指南をしてくれるお礼に渡したいのです」

　あからさまにガッカリとした溜息が教室中に満ちた。そんなに恋バナ好きなんだね。まぁ、娯楽の少ない世界だもの。

「従兄弟にマントをお礼に渡すなら問題はありません。そうだわ、ペイシェンスは魔法使いコースの選択科目も取っていると職員室で聞きましたわ。確か守護の魔法陣を刺繍するのもあったはずですわ。昔の騎士物語で読みましたの」

そのロマンチックな騎士物語が正確だと良いのだけど……折角なら守護の魔法陣を刺繍してあげたい。それとスライム粉で撥水加工もね！　だってサリエス卿は月に二回は来てくれているんだもん。お茶だけでは悪いと思っていたんだ。

馬術指導を派遣してくれているラシーヌにはヘアアイロンと絵画刺繍だね。港町だと聞いたから海の風景とか良いかも？　あとの伯母様たちはヘアアイロンで良いよね。あっ、領地に帰るならスライム入りのクッションもあげよう。お尻が痛いと思うんだ。試供品にもなるしね。

週末に湯たんぽと糸通しの契約書をバーンズ商会に届ける。そのついでに革と安いマントを手に入れたい。安いマントで撥水加工スライムの実験をしたいんだ。上手くいったら御者のジョージに着せたい。雨の時とか馬車の中は良いけど御者席はずぶ濡《ぬ》れだもんね。

修了証書をもらったので、魔法陣のキューブリック先生に守護の魔法陣なんてあるのか聞きに行く。

「えっ、守護の魔法陣？　そんな物どうするのだ？」

えっ、あるんだ！

「従兄弟が第一騎士団にいるから、マントに刺繍してあげようかと思ったのです」

キューブリック先生はうんうん唸《うな》っている。どうしたんだろう。

「第一騎士団なら揃《そろ》いのマントがあるはずだ。だが、それに家紋や守護聖人の名前など刺繍している者もいると聞いている。守護の魔法陣を刺繍しても問題はないが、大変だぞ。普通の刺繍糸では効果はないからな」

魔法陣は魔石で動く。ただの刺繍糸では効果はないのだろう。ガッカリしたよ。

「あれ、それは普通ではない刺繍糸なら効果があるってことですか？」

私の言葉にキューブリック先生はにっこり笑った。嫌な予感しかしないよ。

「昔、守護の魔法陣をマントに刺繍したのを羽織っていたという英雄がいるのだ。凄くワクワクする話だと思ってあれこれ調べていた。ペイシェンスは染物も刺繍も錬金術もできる。なんとか守護魔法陣のマントを作ってくれ」

ああ、これは少年の頃読んだ英雄物語に憧れている夢追い人だ。でも、こういうの嫌いじゃない。私もチャレンジしてみよう。

「これは私が集めた資料だ。ぜひ、実現してほしい」

ごちゃっとした資料を渡してくれた。うん、興味のままに集めた感じだ。これを読むの大変そうだね。週末の宿題が増えた感じだよ。

「でも、ヘンリーが騎士になるなら守護の魔法陣をマントに刺繍しないといけないんだわ。研究しておくのも良いかも」

サリエス卿へのお礼だけでなく、愛《いと》しい弟の為なのだ。お姉ちゃん頑張るよ！

マントの件はじっくりと取り組まなければならない。あのごちゃっとした資料の中から、役に立つ資料を選別するだけで大仕事だと思う。

気分を切り替えて、音楽クラブへ向かう。

グリークラブのは作曲して終わったし、新曲は何曲かあるから大丈夫だよね。なんて甘いことを考えていたんだけど、やはり現実は厳しい。

「ペイシェンスは新曲は作ったのだな。なら、今からグリークラブに行くぞ」

ええっ、何故他のクラブに行かなきゃいけないの？

「アルバート、作詞ができたのね！」

マーガレット王女は止めるどころか、先頭を切って行きそうな勢いだ。

「やっと仕上がったから、これから歌い初めだ。やはり作曲家がいた方が良いだろう。無理な高音とかは編曲する必要があるかもな」

そのくらいアルバート部長でもできるじゃん。コーラスクラブと揉めるのは嫌なんだよ。ルイーズって怖いからね。

「まぁ、グリークラブはコーラスクラブとクラブハウスが一緒なのね。クラブとしての人数は足りているのに、ルーファス学生会長は仕事が遅いわ」

確かに、空いているクラブハウスもあるのに、いつまでも同じクラブハウスを使わせるのは問題だよね。まして、内部分裂したクラブは居心地悪いだろう。なんて他人事みたいに考えていた。

「うん？　グリークラブにしては人数が多くないか？」

アルバート部長が疑問を持つまでもなく、女学生がいっぱいいた。コーラスクラブのメンバーだと思うよ。だってルイーズもいるから。わっ、逃げたいな。揉め事の予感しかしない。

「おお、アルバート。よく来てくれたな」

多分、この人がグリークラブのマークス部長だね。濃い金髪に茶色の瞳、ノーマルなハンサムだ。私の好みからすると、育ちすぎだけどね。

「マークス、これはどういうことなのだ。歌い初めだと聞いていたが、コーラスクラブと合同発表にするのか？」

あっ、そんなことを言ったら揉めそう。と思った通り、気の強そうな女学生がキッと睨《にら》みつけたよ。

「ここはコーラスクラブのクラブハウスですわ。退部したメンバーは立ち入り禁止にすると言ったと思いますが、お忘れのようね」

きついね。確かに退会したなら別のクラブハウスで活動するのが本当は正しいと思うよ。でも、学生会は騎士クラブのごたごたで手が回っていなかったんだよ。まぁ、それにしても遅いけどね。

「エミリア部長、コーラスクラブの活動は月曜と水曜ではないですか。だから、グリークラブは火曜と木曜にしているのに、何故木曜にいるのですか？」

「青葉祭の練習の為に集まったのよ。何か問題でもあるのかしら？」

曜日分けにしていたんだね。なのに意地悪して木曜に集まったわけだ。子どもっぽいな。そんな悪意に満ちた行動をするより、練習を真面目にした方が前向きだよ。まぁ、私はそんなに優しくないから言わないけどね。それに怖いし。

言い争いがヒートアップしそうなので、音楽クラブは撤退することにした。アルバート部長もグリークラブとコーラスクラブの喧嘩《けんか》にまで口出しはしないみたい。良かった。

なんて甘いことを考えていたのに音楽クラブにも飛び火したよ。マークス部長は学生会にクラブハウスを早く認めてくれと談判をしに行って、やっとグリークラブのクラブハウスができたんだ。

ここまでは良かったんだけど、コーラスクラブのエミリア部長がグリークラブにだけ音楽クラブが新曲を提供しているのはいかがなものかと学生会に訴えたのだ。その上、ダンスクラブも振り付けを協力していると文句をつけたみたい。暇か！

私はアルバート部長がマークス部長を焚《た》きつけてグリークラブを作らせたんじゃないかと疑っている。だから、飛び火は御免なんだよ。

金曜は王宮行きなので、作った湯たんぽと糸通しを包んでおく。三時間目は、私はフリーだけど、マーガレット王女は刺繍だ。

「錬金術クラブでスライム粉の実験をアレコレしたいけど、行ったら帰れなくなりそう」

キューブリック先生にもらった資料を読むことにする。まずは、資料をザッと見て分ける。魔法陣についての資料、魔石についての資料、そして刺繍糸についての資料。

大まかに三つの山に積む。やはり刺繍糸についての資料が少ない。まさか、異世界ものテンプレの蜘蛛《くも》の糸とかで刺繍するんじゃないよね。それ、無理だから……あれっ、絹も蚕の吐いた糸か……ありなのか？

まとめた山のどこから読もうかと悩んでいたら、寮の部屋を誰かがノックしている。

私の部屋に来るのはマーガレット王女かその侍女のゾフィーかメアリーだけだ。ふん、友達少ないんだよ。

「どなた？」

誰かわからないから、名前を尋ねるよ。

「ルイーズよ」

えっ、ルイーズは寮生じゃないよね。でも、女学生だから女子寮に入れるの？　マーガレット王女の学友も寮には来ていなかったと思うけど……まぁ、拒否するのも大人げないかな……嫌な予感はするけどね。

「どうぞ」とドアを開ける。ルイーズは素早く部屋に入る。やはり、寮監に見つからないように内緒で侵入したようだ。あっ、嫌な予感が的中しそうだよ。

「ご機嫌よう」と探ってみる。

「ご機嫌よう、あのう座っても良いかしら」

いや、良くないよ。なんだかズボズボ泥沼に嵌《は》まり込みそうだもん。でも、ルイーズは勝手にソファに座っちゃう。それだけ切羽詰まっているんだね。

「今日は音楽クラブについて話しに来たの」

コーラスクラブではなく音楽クラブの話？　なんだか暗雲立ち込めてきたよ。

「まぁ、なんでしょう？」シラを切り通すよ。

「グリークラブのマークス部長と音楽クラブのアルバート部長は同じクラスですね。エミリア部長も二年Aクラスですの」

中等科二年Aクラスは知り合い多いな。カエサル部長もパーシバルも同じクラスだ。なんて意識を飛ばしたくなる話だった。つまり、アルバート部長がマークスを唆してグリークラブを立ち上げさせたのがバレているとルイーズは言うのだ。

でも、確証はないはずだ。ホームルームでそんなことをいくらアルバート部長でも大声で言わないよね。言うのか？　いや、大丈夫だと思う。ルイーズはカマをかけているのだ。舐《な》められたもんだよ。

「まぁ、存じませんわ」

　こっちだって純真な女学生の真似もできるよ。それに本当はどうなのかは知らないよ。想像がつくだけだ。

「それに音楽クラブはグリークラブに新曲を提供したり、ダンスクラブにも協力を要請したりしていますでしょ。これは先ほどの騎士クラブと同じだと、皆様言われていますの。私はマーガレット王女の所属されている音楽クラブが廃部になったりしたら大変だと思って忠告に来ましたの」

　それはおかしいよ。騎士クラブは馬術クラブに馬の世話を押しつけたり、魔法クラブに練習に付き合わせていたんだ。

「まぁ、音楽クラブはグリークラブに頼まれて新曲を提供したにすぎませんわ。それにダンスクラブも同じです。どちらも不利益を被っていませんもの」

　ルイーズの眉が少し上がった。私が廃部に怯《おび》えると思っていたんだね。おあいにくさまだよ。

「申し訳ありませんが、今日はマーガレット王女のお供で王宮に行かなくてはいけませんの。その支度がありますので、お引き取り下さい」

　キッとルイーズに睨まれた。初めからマーガレット王女の側仕えに何故私が選ばれたのか不満を持っていたもんね。

「あの曲はコーラスクラブに相応しいわ。あんな陳腐な恋物語に神へ捧げる歌を交ぜるなんて冒瀆《ぼうとく》よ」

本音が出たよ。多分、グリークラブの楽譜を見たか、練習しているのを聴いたんだね。『アメージング・グレース』は名曲だもの、ルイーズは歌いたいんだ。

「ルイーズ様、グリークラブに変わったらどうかしら？　コーラスクラブは女学生ばかりだし、グリークラブには女学生は少ないですわ」

ルイーズはかなり歌が上手いと思う。でも、コーラスクラブは女の園だ。年功序列に身分制度縛りも厳しそう。ルイーズは伯爵令嬢だからカーストの上位だけど、初等科のうちはソロは回ってこないかもね。ソロが歌えたとしても、騎士クラブの試合メインイベントの裏番組だよ。

「そんなことは……あの曲は私にぴったりなのに……」

はいはい、悩むのは自分の屋敷でしてね。やっとお帰り願った。

ルイーズは強欲だね。寮に入りたくないけど、マーガレット王女の側仕えにはなりたい。良い曲を歌いたいけど、歴史の浅いグリークラブには変わりたくない。

伯爵令嬢に生まれて、光の魔法を授かり、成績も優秀、それに美人だ。何も文句ないだろうと思うけど、本人には我慢できないこともあるんだね。そんな我儘令嬢に関わりたくないよ。

ルイーズのせいで気分がもやっとする。「そんなに側仕えになりたいのなら、寮に入れば良いのに！」

ちょっと怒鳴ったらスッとした。ペイシェンスはお淑やかだけど、私にはガス抜きが必要だ。湯たんぽと縫ったカバーを布で包む。糸通しは紙に包んだよ。荷物が多くなったけど、そろそろ三時間目が終わるからマーガレット王女の部屋に行かなくてはいけない。

王宮では湯たんぽをゾフィーが持ってくれた。令嬢は荷物なんか持ってはいけないようだ。

「お母様、帰りました」

マーガレット王女もお淑やかに挨拶する。

「マーガレット、お帰りなさい。ペイシェンスも座りなさい」

マーガレット王女の横の椅子に座る。

「ペイシェンスが作った湯たんぽをお母様とジェーンにもと持ってきたの、それと糸通しもね」

ゾフィーが王妃様の前に湯たんぽを置く。

「これは、どうやって使う物かしら？」

マーガレット王女が説明してくれたよ。実際に使っているから、よくわかるね。

「夜、寝る前にここからお湯を入れておけば、お布団の中が暖かくて眠りやすいのです。その上、その中のお湯で朝は顔を洗えるのよ」

王妃様は微笑んでマーガレット王女の説明を聞いていた。

「これは魔石や薪をいっぱい買えない人々にとって良い物ですね。ペイシェンス、ありがたくいただきますわ」

さすが、王妃様はすぐに貧しい人たちのことを考えたんだね。私は紙に包んだ糸通しをマーガレット王女に渡す。

「これもペイシェンスが作った糸通しです。私も裁縫と刺繍の時間に使っていますが、とても便利ですわ。お母様とジェーンにもと思ったのです」

王妃様は紙を開くと糸通しを見て、使い方がわかったようだ。

「ペイシェンス、これは便利そうですわ。それにマーガレットが真面目に裁縫と刺繍の授業に取り組んでいるようで嬉しいわ」

王妃様は湯たんぽが三個あるのに気づいた。

「あら、私とジェーンの分だとマーガレットは言ったけど、これは?」

私はショタコンなので、マーカス王子の分を作ったのだけど、本当は王様の分の方が良いのかな？

「マーカス王子の湯たんぽです。弟たちも夜ぐっすり眠れると言っていますから」

王様はバーンズ商会で買ってもらおう。ショタを優先しちゃった。王妃様は「ほほほ」と笑う。

「ペイシェンスは自分より弱い者に優しいですね。それは素晴らしいことです」

そんな立派な理由ではなかったのでお尻がむずむずしちゃうよ。

「青葉祭のグリークラブの発表の為にペイシェンスは素敵な曲を何曲も作りましたのよ」

マーガレット王女も頑張ってマナーⅠは合格したんだけど、やはり学園についての質問は避けたいようだ。私は何曲か弾いて、王宮から馬車で送ってもらったよ。

弟《エンジェル》たちと一晩多く過ごせるのは嬉しいね。夕食までは子ども部屋でいない間のチェックだよ。

「お姉様、頑張って学年飛び級できるように勉強します」

ナシウス、そんなに頑張らなくても良いんだよと言いたくなる。でも、初等科の授業より、中等科の方が面白いのは確かなんだよね。

「無理をしない程度にしなさいね」

ナシウスは、学科は簡単だろう。実技は、体育がどの先生に当たるかが大きいね。カスバート先生だと大変だと思う。ラッセルも愚痴っていたからね。

私は土曜の午後はバーンズ商会に行くので、午前中にワイヤットと契約書について話しておく。

「この契約書で問題はございません。ここに子爵様の署名とお嬢様の署名をしてお持ちになればよろしいかと存じます」

そしてワイヤットは手帳二冊を私に差し出した。

「何かしら？」

「これはお嬢様の銀行口座の取引帳です。バーンズ商会には、この口座に振り込むように伝えたらよろしいかと。そしてあと一冊は小切手帳になっています」

驚いた。リリアナ伯母様からサミュエルの家庭教師代として小切手が入ったらしき封筒をもらったけど、まさか自分がこんな物を持つとは思っていなかったからだ。

「でも、これはグレンジャー家の為に使ってもらいたいの」

私が色々と錬金術で考えているのは、ほぼ弟《エンジェル》たちの為だ。

「それは菜園や温室の物や内職で十分です。本来ならお嬢様に内職など……こちらは将来の為にお使い下さい」

一一歳で小切手帳を持ったけど、この銀行口座にある額しか使えないのだ。つまり今は口座を開いた一〇〇チームしかない。でも、自分で自由に使えるお金は嬉しい！

父親に署名してもらう為に書斎へ行く。

「お父様、口座と小切手帳、よろしいのでしょうか？」

未だ、私だけの署名では契約も結べない子どもなのに小切手を渡しても良いの？

「ペイシェンスが考えた品で得る利益なのだから、お前が使えば良いのだ」

ワイヤットと違って理想論だけに感じるけど、まぁ、良いか。

私の署名の下に父親が署名する。意外なことだけど、とても綺麗な筆跡だ。学者って字が汚いイメージがあったけど、貴族だもんね。あっ、ナシウスとヘンリーにもカリグラフィーを教えよう。

午前中の残りは弟《エンジェル》たちと縄跳びしたり、温室の苺を摘んだりして過ごす。二人共大きくなったので、苺は六粒まで食べて良いことにした。前世の苺ほど大きくないしね。バーンズ公爵家に持っていくお土産の苺も摘んだよ。


約束した通り、カエサル部長が馬車で迎えに来てくれた。父親に挨拶して、私はメアリーと馬車に乗る。今回はバーンズ商会で買い物をしたいから、メアリーはワイヤットからお金をもらって来ている。令嬢はお金も持たないようだ。侍女が払うみたい。そういえば、異世界初の買い物だね！

今回はバーンズ公爵夫人も同席されていた。凄いゴージャスな美人！　カエサル部長のお母様なんだよね？　カエサル部長はほぼバーンズ公爵の遺伝子だけみたいだよ。こんな華やかさは持ってないもん。

「この方が錬金術クラブに入ったペイシェンス嬢なのね。カエサルが迷惑をかけたら、私に言うのですよ。きっちりと叱ってあげますからね」

わぁ、見た目はゴージャス美人なのに肝っ玉母さんみたいだ。カエサル部長はお母様が苦手みたいだね。首根っこを押さえつけられているみたい。

「マリアンヌはペイシェンス嬢が気に入ったようだ。珍しいのだよ、この人が若い令嬢を気に入るのは」

公爵夫人はにっこりと笑う。異世界の笑顔って怖いよ。

「貴方こそ、ペイシェンス嬢がお気に入りでしょう。でも、若い令嬢に無理をさせてはいけませんからね。カエサルは錬金術に夢中ですから、自分が平気だからと気遣いを忘れてはいけませんよ」

確かに真っ暗になっても錬金術クラブは終わらないよね。ブライスだけが気をつけてくれている。

「ありがとうございます」と応えておくよ。私も注意しなきゃいけないんだけどね。

契約書にバーンズ公爵が署名して、これで訪問の目的は達成だ。

「王立学園から糸通しの件で早く納入してほしいと言われていたのだ。これで生産に入れる」

あっ、宣伝の効果てき面だね！

「ペイシェンス、何かしたのか？」

カエサル部長は鋭いね。

「私は裁縫と刺繍の先生に試供品を渡しただけですわ。あっ、王妃様に湯たんぽと糸通しをお渡ししたから、王宮からも注文が入るかもしれません」

バーンズ公爵の目がキラリと光る。商機を感じたんだね。すぐに動き出しそうな公爵を夫人が止める。

「ペイシェンス嬢、お茶でも……アロイス、どこへ行くつもりなのですか？」

公爵は夫人に逆らえないんだね。お茶を飲みながら歓談するよ。

「前に話していた自転車はできたのか？」

やはり、諦めていなかったんだね。カエサル部長も呆れているよ。

「父上、自転車には未だ改良の余地が残っています」

きっぱり断るつもりだろうけど、それは拙いよ。ほら、食いつかれた。

「ということは、ほぼ出来上がったのだな。一度、見てみたい」

ほらね！　カエサル部長、今更私に頼らないでよ。私は自転車が多く売られた方が良いと考えているんだもん。いつまでも改良して遊びたくて作っているんじゃないよ。無視してお茶を飲む。良い香りだね。

第八章　初ショッピング

バーンズ公爵夫妻とのお茶を終えて、私はカエサル部長にバーンズ商会に連れていってもらう。口座とかの手続きはパウエルさんがするそうだ。

へへへ、嬉しいな。初ショッピングだ！　ニマニマしていたらメアリーに袖を引っ張られた。令嬢らしくないみたい。

「ペイシェンス、何か変だぞ」

カエサル部長にも不審がられたよ。

「私、初めての買い物なのです。いつもはメアリーに買ってきてもらうので」

「貴族の令嬢ならそれが普通だろう」だなんて、カエサル部長はわかってないね。

前世でもネットショッピングもあったけど、自分で見て選ぶのが良いんだよ！

バーンズ商会に着いた。まずは支配人のパウエルさんに会いに三階まで上がる。ふぅ、これだけでも息が切れるって、本当に体力強化しなくちゃね。

「ペイシェンス、大丈夫か？」

カエサル部長にも呆れられたよ。メアリーは平気そうだ。やはり、体力がなさすぎだ。

「パウエルさん、使用料はこの口座に振り込んでいただきたいのです」

新品の銀行取引手帳を差し出す。

「お前、こんなの持っているのか？」

「今回の件で作って下さったのです」

パウエルさんは、口座の番号を帳面に書き込んだ。薄利多売を目指してほしいので、そんなに利益はないだろうけど、自分の自由に使えるお金は嬉しいね。

「あとは買い物をしたいので、カエサル部長は屋敷に帰ってもらっても良いのですが……」なんて言ったら、カエサル部長に睨まれちゃったよ。

「グレンジャー子爵からペイシェンスを預かったのだ。そんな途中で放り出したりはできない」

異世界のマナーは大変だね。ということで、三人でバーンズ商会を見て回る。

「何が買いたいのだ？」

もう、カエサル部長ときたら、何を買うかだけじゃなくて、あれこれ見てから買う物を決めるんだよ。わかってないな。

「下男のジョージのマントを買いたいのです」

カエサル部長だけでなくメアリーまで変な顔をする。

「そんな物をお前が買わなくても良いのでは？」

メアリーも頷いている。

「私はマントに撥水加工をしたいと考えているのです。雨や雪の日も濡れなくて済むでしょう?」

カエサル部長が頭を抱え込んだ。

「また、お前は突拍子もないことを言い出すんだな。そんな物ができたら、どれだけの商品が開発できるかわからないのか?」

「そのくらいわかっていますよ。だから、実験してみたいのです。上手くいけば荷馬車の天幕やテントなどにも利用できますわ」

カエサル部長の目が光る。あっ、アルバート部長みたいだ。

「そんなことを口にするのは、何か思いついているからだな。言ってみろ!」

凄い迫力に、思わずメアリーの後ろに逃げ込むよ。

「まだ実験をしてみないと、上手くできるかわかりませんわ。ただ、思いついただけですもの」

メアリーを挟んで言い合う。

「では、思いついたことを言ってみろ。これからベンジャミンも呼び出して実験をしよう!」

もう、こうなったら手伝ってもらおう。自分だけでは配合とか面倒だもの。

「スライム粉は水を加えると固まるでしょう。それに何かを足して撥水力をつけたのを、布に塗れば良いと思ったのです」

「ううむ」と唸り出したので、私はメアリーの後ろから出る。

前世の撥水スプレーはシリコン樹脂だったはず。ズックやスエードの靴を買ったら防水スプレーをしていたから、内容もチェックして知っているよ。

そのシリコンは二酸化ケイ素から作られるんだよね。それは水晶の中にあるって、化学の授業で聞いたけど、異世界ではどうなのかな？　あっ！

「あのう、ガラスの素材の珪砂《けいしゃ》はありますか？」

私って馬鹿だ。珪砂は石英が砕かれた二酸化ケイ素じゃん。化学をもっと勉強すべきだったよ。

「それなら錬金術クラブにあるぞ。スライム粉もな」

「それなら、マントを買ったら良いだけですわ。他にも実験をしたいことがいっぱいあるから、刺繍糸も買わないといけませんわ。魔石も必要かも？」

サリエス卿のマントに守護魔法陣の刺繍をしたいけど、やはり魔石がないと無理だと思う。あの資料の中にも英雄のマントには魔石が縫いつけられていたとの記述があったから。魔法陣を動かすのは魔石だからね。

「なぁ、ペイシェンス、何を考えているのか、教えてくれないか？　撥水加工だけではないのだろう」

魔石でカエサル部長は、守護魔法陣の刺繍付きマントに勘づいたようだ。

「これはキューブリック先生からいただいた資料にあった物なのです。守護魔法陣の刺繍の付いたマントを英雄が羽織っていたとか……」

わっ、カエサル部長の顔が近いよ。思わずメアリーの後ろに逃げ込む。

「それは竜殺《ドラゴンスレイヤー》しマギウスのマントのことか！」

メアリー越しに叫んでいるよ。男の子って英雄物語が好きだよね。ペイシェンスも読んだことあるみたいだけど、そんなに興奮はしなかったよ。メアリーは私を庇《かば》うように手を横に広げて立っている。

「ええ、キューブリック先生の資料にもそう書いてありましたわ。でも、それが本当かどうかはわかりませんのよ。第一騎士団に所属している従兄弟が弟たちの剣術指南をしてくれているから、お礼に作りたいと思っているだけです」

「馬鹿か！　そんなレベルの話ではないだろ！」

カエサル部長はそう叫ぶと、その場に座り込んでしまった。具合が悪いんじゃなければ良いけど……パウエルさんがやってきたよ。令嬢を侍女越しに怒鳴ったりしたら、人目を引くよね。

「カエサル様、ここで騒がれては困ります。どうか、支配人室に……」

すっくと立ち上がったカエサル部長は、大きく深呼吸して、私に謝った。

「ペイシェンス、大きな声を出して、申し訳ない。興奮しすぎたようだ。守護魔法陣のマントは私の憧れだったから、理性をなくしてしまった。侍女にも迷惑をかけたな。何か欲しい物はないのか、償いをしたい」

私が後ろに隠れたから、メアリーは真正面からカエサル部長に怒鳴られたのだ。

「メアリー、御免なさい」私も謝るよ。

「いえ、よろしいのです」と少し青い顔をして頷く。うん、今度からはメアリーを盾にしないよ。

「メアリー、お詫《わ》びに魔法灯を買ってあげるわ。針仕事は蠟燭よりしやすいでしょう。それと魔石はカエサル部長に買ってもらいましょう」

カエサル部長はそれでお詫びになるのならと魔石を何個も買ってくれた。

「これで当分は魔法灯が使えるわね」

メアリーは「良いのですか？」と目で尋ねる。

「迷惑をかけたお詫びですもの。受け取って」

あと、男物の大きなマントに魔石に刺繍糸もいっぱい買ったよ。刺繍屋さんで買っても良かったけど、パウエルさんが社員割引してくれるって言うから。

「その魔法灯は私が払う」なんてカエサル部長が言うから、断るのに難儀したよ。でも、これは私が払うよ。メアリーを盾にしたのは反省しなきゃいけないからね。それにしてもパウエルさん、値引きしすぎじゃない？

「あのう、これでは魔法灯だけの値段ですわ」

「いえ、これからもお付き合いが長くなりそうですから」

なんてにっこり笑うパウエルさんだけど、きっとカエサル部長の迷惑料も含まれているのだろう。

「ありがとうございます」

ここは、好意はありがたく受けておこう。撥水加工の生地ができたら、販売は任せよう！

ショッピングは終わって、馬車で家まで送ってもらう。でも、カエサル部長は諦めが悪いんだよね。

「ペイシェンス、撥水加工はいつ試すのだ？　それと守護魔法陣のマントはいつから作るのだ？」

メアリーが呆れているよ。

「撥水加工は錬金術クラブで色々と試してみようと考えています。守護魔法陣のマントは魔法陣はキューブリック先生の資料で良いと思うのですが、刺繍糸はこれから考えなくてはいけないと思っています。資料も少ないし、紙や石に描くのなら動きませんが、マントははためきますから、刺繍糸に魔力を通す性質が必要かもしれません。それに魔石を付けるやり方も考えなくては……だから、そんなに急にはできませんよ」

　カエサル部長は最後まで私の言葉を遮らず聞いた。この点は良いよね。あのお母様に仕込まれたのかも。さっきは忘れていたようだけど……。

「そんな資料を持っているのにキューブリック先生は私に何故見せてくれなかったのだろう」

　悔しそうなカエサル部長だ。

「それはキューブリック先生に尋ねてみたことがないからでは？　それと染色と刺繍ができないからだと思いますわ。糸の加工が問題だと思いますもの」

　カエサル部長はフッと笑った。

「染色と刺繍か……それは私には無理だな。だが、ペイシェンス、その資料を私にも見せてくれないか？　キューブリック先生には私から許可をもらうから」

　勝手に見せるのはどうかと思うけど、キューブリック先生が許可するなら良いよ。

「ええ、私もまだ考え始めたばかりですから、カエサル部長にも手伝っていただけると嬉しいですわ」

　パッと顔を綻ばせたカエサル部長は、結構ハンサムだと今時分になって気づいたよ。

「頑張ってマギウスのマントを作ろう！」

　わっ、大変そうだよ。洗濯機、自転車、アイスクリームメーカー、撥水加工、守護魔法陣のマント、ヘアアイロン。うん、錬金術クラブにハマったようだ。

第九章　桜が咲いた

転生して二回目の春が来た。家の裏に植えた桜が咲いたよ。去年は植えた時期が遅かったからか、花は咲かなかったんだ。

冬の間にバーンズ商会は湯たんぽをいっぱい売ったみたいだ。銀行口座に振り込まれた額を見て驚いたよ。メアリーに記帳してきてもらった。

詳細な報告書は後で来るみたいだけど、湯たんぽは二ロームで売られたのだ。それなのに五〇〇ロームが振り込まれていた。一〇ローム金貨五〇枚だよ！　何個売ったんだろう？　あっ、糸通しもあったね。糸通しは五〇チームだよ。これもかなり売れたようだ。そうだ、スライム粉のクッションも好評みたい。長距離、馬車に乗る貴族には必需品になったようだ。こちらは一〇ロームだよ。中身の取り替え用クッションは三ローム。かなり高めの設定だけど、よく売れているみたい。これの歩合も大きいのかも。

伯母様方と従姉妹のラシーヌにもクッションとヘアアイロンをあげたよ。サティスフォード子爵の港の絵刺繍はまだ出来上がってないんだ。だって、すっごく忙しかったんだもん。

「桜が咲いたから、お花見をしなくてはね！」

錬金術クラブと音楽クラブでくたくただから、土日は弟たち《エンジェル》とゆっくり花見をする予定だ。

洗濯機はなんとか仕上がったし、ヘアアイロンもカエサル部長に魔法陣は手伝ってもらって作った。それの応用で、アイロンと小さなアイロンも作ったよ。これらは錬金術クラブで特許を申請して、バーンズ商会で売ってもらう予定だ。裁縫の先生に見本を見せたら、凄く欲しがっていたから購入希望者が増えそう。

青葉祭の為のアイスクリームメーカーも試作機はできたよ。試食しなきゃね。

自転車はⅡ号機もできたし、Ⅰ号機には補助輪も付けたよ。これも青葉祭に出す予定なんだ。だから補助輪を付けたわけ。乗ってみないと便利さがわからないからね。これも特許を取るみたい。

今は撥水加工に取り組んでいる。なかなか難しいよ。守護魔法陣のマントはもっと厄介だ。やはり刺繍糸が問題なのだ。小さい布で試したけど、机の上でならなんとかなる。動かすと駄目だ。魔法陣が歪《ゆが》んじゃうからね。それに魔石をどう付けるのかも悩む。

薬草の内職も頑張ったよ。でも、春になったから、これはお終いだね。学期末に幾らになるか、少し楽しみなんだ。

カエサル部長が他の魔法使いコースの学生に薬草学の座学について聞いてくれたんだけど、本当に教科書を生徒に読ますだけだって。でも、何をするか信じられないから五月になったら一度授業を聞きに行くよ。テストはとても難しいとも聞いたから。薬学の教科書も不親切だったし、薬草学の教科書も不親切なんだろう。つまりは、授業だけではなく、自分で調べないといけないのかもしれない。マキアス先生は怠け者が嫌いだからね。

「薬学が合格できたら、下級薬師の試験が受けられる！」

お金は少し余裕ができたけど、ナシウスの入学準備もある。下級薬師になれば、下級回復薬、上級回復薬、毒消し薬とか売れるんだよ。

そうだ、馬を買いたいけど……飼葉代が延々と必要なのは痛いな。馬糞《ばふん》は畑の肥料に良いかもしれないけど、これはよく考えてからにしないといけない。

「ナシウスは通うつもりなのかしら、寮に入るつもりなのかしら？　それによって考えましょう」

通うなら馬を買おうと思っていたのに、ナシウスは初めから寮に入るつもりだったみたい。

「お姉様も寮に入られたのだから、私も寮に入ります」

あの時よりはマシになっているんだから、通っても良いのだけど、ナシウスは私が寮に入っているのに自分だけ通うのは贅沢だと感じているみたいだ。私はマーガレット王女の側仕えを辞められそうにないから、寮暮らしは決定なんだよね。

「でも、そうなるとヘンリーだけになるから、ナシウスは家から通っても良いのよ。馬を買えば良いことだから」

説得してもナシウスは首を縦には振らない。

「ヘンリーもそのくらいわかっています。それに馬を買うなら、ヘンリーが入学する時に良い馬を買ってやって下さい。ヘンリーは騎士コースを選択するでしょうから。私は文官コースを選択しますから、体育の時間は学園の馬で十分です」

ナシウス、なんて良い子なんだろう。抱きしめちゃったよ。

「そうですね。騎士コースには馬は必須ですわ」

それまでには守護魔法陣のマントを完成させておきたいよ。

ワイヤットにバーンズ商会から振り込まれた金額を伝えたら、喜んでくれた。

「これでヘンリーの馬を買ってやりたいの。でも馬って高価なのでしょ？」

ワイヤットは難しい顔をする。

「これはお嬢様の為にお使い下さい。馬が必要ならなんとかいたします」

なんとかなるのか？　ヘンリーが入学するのは三年後だ。あっ、もう私は学園を卒業しているんだね。ロマノ大学に進学するつもりだけど、働いた方が良いのかな？

「お嬢様、弟君のことばかり考えられないように。ご自分のことを考えて下さい」

ワイヤットに叱られちゃったよ。なんとかなるのかな？　ワイヤットの口振りには、何か当てがありそうなんだよね。まぁ、なんとかならなかった時は、このお金で馬を買ってもらおう。

折角桜の花が咲いたのに、お金のことばかり考えているのは良くないね。

「日曜のお昼はお花見にしましょう」

エバにサンドイッチや唐揚げを作ってもらうよ。この時期の野菜は高いから温室で栽培しているんだ。勿論、苺もね。売りもするけど、家でも食べるよ。冬は新鮮な野菜不足気味だったから。

唐揚げのレシピは簡単だけど、油をいっぱい使うから贅沢だよね。でもお花見は豪華にしたいんだ。

私的にはピクニックみたいに桜の木の下で敷物の上に座って食べたかったけど、メアリーはダメだってさ。まぁ、机と椅子の方が食べやすいけどね。

「お姉様、綺麗ですね！」

そうだよ、ナシウス。桜って下から見上げると綺麗なんだよ。

「こんな木があったかな？」

父親は、去年、植えたのも気づいていなかったんだね。ワイヤット、父親の復職を当てにしているなら難しそうだよ。

「お姉様、これは何か実がなるのですか？」

ヘンリーは花より団子だね。

「ええ、さくらんぼがなるはずですわ」

「食べたいな！」

素直に喜ぶヘンリーはマジ天使だよ。

桜の木の下での昼食は楽しかった。やはりリュートをもっと練習しなくては。音楽が欲しいもの。ハノンは持ち歩けないからね。

花見の後は……乗馬だよ。サミュエルが来るのも恒例だね。ナシウスとヘンリーは喜んでいるから良いのだけど、サミュエルは乗馬クラブだけあって、指導が厳しいから嫌なんだよ。

私は同じサミュエルの指導ならリュートの練習をしたい気分だ。一応は馬に乗ったよ。それに歩かせることもできる。これで十分だよね。

乗馬台で下ろしてもらっていたら、乗馬教師に苦笑いされたよ。

「ペイシェンス様は乗馬がお好きではないようですね」

その通りだよ。まぁ、乗馬教師にそんなことは言わないけどね。気分悪いじゃん。

「私は臆病だから、落ちたらどうしようと思ってしまうのです」

乗馬教師は、アッという顔をする。

「そうか……なるほど。アンジェラお嬢様が障害を跳ばないのは怖いからなのですね」

呆れたよ。当たり前じゃん！　私なんか弟《エンジェル》たちが跳ぶのを見るのも怖いんだよ。ラシー

ヌが諦めない限り、アンジェラの苦行は続くのかな？　来年、入学する女の子は乗馬訓練中なんだろうね。可哀想だよ。まぁ、中には喜んでいる子もいるだろうけど。

マーガレット王女の学友はマーガレット王女が選んだみたい。失敗しちゃったけど、ジェーン王女も同じようにさせるのかな？　なら、やはり趣味が合う学友を選びそうだ。だから、乗馬訓練をやめろとはラシーヌに軽々しくは言えないんだ。

弟《エンジェル》たちはサミュエルと楽しそうに障害を跳んでいる。ショタコンとしては眼福だよ。

さて、寮に行く時間だ。サミュエルにもキスしてやろう。嫌がる少年にキス！　前世だったら警察に捕まるね。でも、ここは異世界だし従兄弟にキスは大丈夫なんだよ。チッ、サミュエルは馬から下りない作戦だ。先週、キスしたから警戒しているみたい。今日は仕方ないね。

「お姉様、行ってらっしゃい！」

弟《エンジェル》たちにキスして馬車に乗る。

第一〇章　青葉祭の準備を始めよう

学園では桜の花を愛《め》でている暇がない。音楽クラブと錬金術クラブの青葉祭の準備で大変だからだ。

「アルバートはグリークラブに関わりすぎているわ」

初めはグリークラブの発表を楽しみにしていたマーガレット王女ですら、文句を言いたくなるほどの入れ揚げようだ。たぶん、コーラスクラブが学生会に苦情を言ったのがアルバート部長には許せないのだろう。

音楽クラブも新曲発表会をしなくてはいけないのだ。特に新入生の新曲チェックとか、もっと自分のクラブにも気を使ってほしいよ。私は、サミュエルや他の三人の新曲を聴いた。なかなか良い感じだけど、もう少しパンチが足りない気がする。そこをアルバート部長に指摘してほしいんだ。

学生会での講堂使用のタイムスケジュール決めは難航したようだ。結局、午前中一時間半、グリークラブ。午後二時間、演劇クラブ。

そして音楽クラブは午前中に四〇分が一回、午後からは二回。なので、コーラスクラブは午前中二回、午後は一回だ。これは年ごとに交代制みたい。

グリークラブだけ少ないのは実績がないクラブだからだが、ここまで決まるまでに大変だった。

「今年から投票制になる。学生には一枚ずつ、保護者には見学に来ると予約された方にも一枚投票券が配られる。その獲得数は来年の発表時間に反映されるのだ！」

その上、こんな企画を新たにすることにしたのは、絶対にルーファス学生会長ではなさそうだ。アルバート部長とマークス部長あたりがコーラスクラブに嫌がらせを考えたのだろう。前からコーラスクラブの発表会は人気がなかった。

「アルバートは足元に気をつけないと、音楽クラブが最下位になったら目も当てられないわ」

マーガレット王女と二人で溜息をつく。

「コーラスクラブは女学生が多いから、男子学生に頼みそうですわ。そこをアルバート部長は考えてなさそうで心配です。実力だけで投じるばかりではないのに」

グリークラブのミュージカルはなかなかの出来だ。踊りとか演技はまだまだだけど、練習を見ていても面白いもの。異世界にはテレビも映画もないからね。娯楽が少ないんだよ。陳腐に思えたハッピーエンドもミュージカル仕立てではありだな。

「そうよね。音楽に理解がある学生ばかりではありませんもの。一年生の新曲は手直しが必要よ」

その通りと私は頷く。音楽のセンスはマーガレット王女に任せておけば良い。真面目な作曲なのだけど、慣れてないから固い感じなのだ。

その中ではサミュエルのはまだマシだね。センス良いんだよ。意外とダニエルのが堅苦しくて古い感じだ。クラウスのはお花畑みたいになりそうな雑草だね。バルディシュのはアレンジすれば良い感じになりそう。

火曜と木曜の音楽のクラブでは後輩指導に忙しい。アルバート部長にもしてほしいのに、グリークラブに行きっぱなしだ。

「マーガレット様とペイシェンスがいれば大丈夫だろう」なんて褒め殺しにされても困るよ。

音楽クラブはマーガレット王女がかなりビシバシ一年生たちを鍛えているし、私もちょこちょこアレンジを手伝っている。まぁ、投票でも最下位にはならないでしょう。多分ね！

問題は錬金術クラブだ。いっぱい発表する作品はあるんだよ。洗濯機、ヘアアイロン、アイロン……これらは錬金術クラブっぽい発表だ。使えば便利さはわかると思うけど、さほど人を集めるとは思えない。

「自転車に乗ってもらおう！」

カエサル部長は張り切ってⅡ号機だけではなくⅢ号機も作ったよ。段々と改造を重ねて乗りやすくなっている。錬金術クラブメンバーは全員が乗れるようになったよ。

これは人を集められると思うんだ。男子って機械物好きだもん。

問題はアイスクリームだよ。私は音楽クラブの発表とグリークラブの伴奏があるから午前中は講堂に詰めていないと駄目なんだ。

「アイスクリームメーカーをいっぱい作るか、冷凍庫を作ってアイスクリームを保存しておかなくてはいけませんわ」

それも問題だが、試作は私がいるから大丈夫だけど、他のメンバーでアイスクリームを作れるかが大問題だ。

「一度、試作しなくてはいけませんわ。それと給仕の仕方も……無理そうですわね」

このメンバーがアイスクリームを給仕している姿が想像できない。前世には執事カフェとかあったけど、全員がお仕えされる側だからね。

「うん、給仕は家の上級メイドに頼もう。ベンジャミンやアーサーやブライスもメイドに頼んでくれ」

カエサル部長が私に頼まないのは、家のメイドが一人しかいないのを知っているからか、メアリーに迷惑をかけたからかわからない。

「兎に角、このアイスクリームメーカーを試してみなければな。ペイシェンス、卵や牛乳や砂糖の分量を書いてくれ。そうか、器もスプーンもいるな」

器は錬金術クラブにはガラスの素材があるから作ることになった。揃いの方が良いからね。スプーンも、家のスプーンは銀製で、なくなったら大変だから、熱伝導の良い銅製にする。これも山ほど作るよ。あっ、アイスクリームをすくう道具も作らなきゃね。

「自転車の試乗券を作った方が良いですよ。時間制にして順番券を渡すのです。それを待つ間にアイスクリームを食べてもらえば良いのでは？」

なるべく庭に面した教室を発表会の場所にしてもらう。角部屋で庭に出やすければ一番良い。庭で自転車の試乗とアイスクリームの販売をする予定だ。教室を半分に仕切って、洗濯機などの発表とアイスクリームの盛りつけ部屋にするつもり。

私はちゃっちゃと大学や高校の文化祭を思い出しながら、スケッチを描く。

「ペイシェンス、絵が上手いな」ブライスが褒めてくれたよ。内職で鍛えているからね。

「教室の机や椅子では味気ないわ。こんなガーデンテーブルとガーデンチェアーがあれば、庭に置いても優雅なのに」

ささっとガーデンテーブルとチェアーのデッサンをする。こんなの家にないかな？　持ってきてくれると良いなって下心もあった。

「これは鉄でできているのか？」

カエサル部長がデッサンを見て首を傾《かし》げている。

「そうですよ。その上にペンキを塗っていますけど……雨に濡れても良いからガーデンテーブルとチェアーなんです」

「夏のバーベキューとかに便利そうだな」

ベンジャミンもデッサンを見て、感心している。ないのかな?

「よし、これも作ろう!　きっと売れるぞ」

なんだか作る物がいっぱいだよ。今は撥水加工もマントも研究する余裕はなさそうだ。

金曜のアイスクリームメーカーの試作は大成功だった。でも、問題が大きくなりそう。

「こんなに美味しいデザートは初めてだ!」

「これなら人が呼べます」

アーサーとブライスは食べてないものね。大興奮だよ。

「うむ、それは良いとして、どのくらいアイスクリームを作るのかが問題だなぁ。中庭に面している教室をもらえたから、半分は自転車に当てて、あとはガーデンテーブルとチェアーを配置する予定だが……これも整理券が必要になるかもしれないな」

あらかじめ多くのアイスクリームを作って冷凍庫に保存しておくことになった。つまり、冷凍庫も作ることになったのだ。凍らす魔法陣はアイスクリームメーカーの時に考えてある。箱を作って凍らす魔法陣と風の魔法陣をつければ良いはずだけど、そうは上手くいかない。

「冷凍庫は私たちに任せてくれ。ペイシェンスはどの分量で作るのか、実際に色々と試してほしい。この前みたいな苺の入ったアイスクリームも良いな」

どっさりと卵と牛乳と生クリームと砂糖を渡された。卵は常温でも一晩ぐらい大丈夫だろうけど、牛乳と生クリームは困るな。

「小さな冷蔵庫が欲しいです！」

「お前、無茶言うなよ」ベンジャミンは吠えたけど、冷たい風が吹く小さな箱を作ってくれた。

「ベンジャミン様、凄いわ！　箱がなければ冷風機ね！」

余計なことを言ったみたい。それから冷風機を作るのに熱中し出す。

私はアイスクリームメーカーと牛乳と生クリームと卵が入った冷蔵庫と砂糖の大袋を持って寮に帰らなくてはいけない。

「ペイシェンス、持つよ」

やはりブライスは優しいね。それに今回はアーサーも手伝ってくれた。カエサル部長とベンジャミンは冷風機を作るのに夢中だ。

寮に帰ってから、やることリストを作る。こうしないと忘れちゃいそうなほど忙しいのだ。

青葉祭のドレス。できている◯

髪飾りを作る。紺の生地で作ろう×

新しい靴を買う×

新曲を作る○
一年生の新曲チェック。もう少しね△
グリークラブの伴奏○
アイスクリームメーカー○
器とスプーン×
アイスクリームのレシピ。分量を計ろう△
ガーデンテーブルとチェアー×
週末はアイスクリームのレシピを完成させるのと、髪飾りを作ること。そして靴を買わなきゃね。

第一一章　アイスクリームは美味しい

土曜日、メアリーと馬車まで重い荷物を運んだよ。途中までだけどね。ジョージは女子寮には来られないけど、メアリーが馬車まで走っていって寮の食堂に呼んだんだ。

「お嬢様、これはなんでしょう？」

馬車に乗るなりメアリーに質問された。

「青葉祭でアイスクリームを売るの。でも、今まではきっちりと分量を計っていなかったの。それでは同じ味にならないから、レシピを作らないといけないのよ」

メアリーはアイスクリームと聞いて目を輝かせる。バーンズ公爵家で食べたんだね。

「それは重要ですね」嬉しそうだよ。

「ええ、でもキッチリと計らなきゃいけないの」

その上、今回のアイスクリームメーカーは大型だ。二リットルぐらい作れるタイプだ。バーンズ商会で売り出すのは、もっと小さなタイプもあるよ。あっ、小さなタイプで作って、そのレシピを倍掛けすれば良かったのかも。でも、今の錬金術クラブにあるのは大きなタイプなんだもん。

土曜と日曜と二回に分けて試作だよ。半分の量でも良いしね。

何を置いても弟たち《エンジェル》との時間は優先するよ。ナシウスは、初等科はほぼ学習済みだ。魔法実技が合格だったら学年飛び級だ。実技も美術と音楽は合格だと思う。ダンスと体育は先生次第だね。

ヘンリーもほぼ王立学園に入学前の学習は終えている。賢いよねぇ。私は前世の教育を受けているから当たり前なんだけど、ヘンリーは本当に七歳なのに凄いよ。

「二人共、よく勉強していますわ」

マジ、グレンジャー家って賢い家系だね。ナシウスも剣術指南と乗馬訓練で少し逞《たくま》しくなったみたいだ。ヘンリーは元気いっぱいだよ。マシューの手伝いもよくしているみたい。体力が余っているんだね。

お昼には春キャベツが出たよ。まだ市場とかには並んでないけど、少し魔法で後押ししたから家のは早いんだ。半分はエバに売ってもらう。高いうちは売ることにした。それに柔らかくて美味しいからね。

「これは美味しいな」

柔らかな春キャベツでロールキャベツを作ってもらったんだ。これも肉は少しで沢山食べられるから節約レシピだよ。キャベツ多めは、前世から私が好きなロールキャベツなんだ。

「お姉様、春キャベツは甘いですね」

ナシウスはデリケートな味の違いもよく気づくね。ヘンリーは一気に食べちゃったよ。

「これからいっぱい採れるから、よく食べなさいね」

裏の畑には春キャベツだけでなく、エンドウマメやレタスやジャガイモなども植えてある。この冬は飢えることもなく乗り切れた。今年も頑張るよ。

弟《エンジェル》たちも順調に成長しているし、ペイシェンスも少しは背が高くなったよ。だから、靴を買わなきゃいけないんだ。もう、この靴は限界だからね。

昼からはエバとアイスクリームのレシピ作りだ。

「青葉祭は五月だけど卵は生でも大丈夫かしら？」

四月でもまだ朝晩は肌寒いロマノだけど、五月になると日中は暑い日も多くなる。私の生活魔法で「綺麗になれ！」とかければ卵も浄化されるから大丈夫だろうけど、青葉祭で食中毒は駄目だ。

「アイスクリームが冷菓だとはメアリーから聞いています。主に夏に食べるスイーツなら、生卵でない方が安全です」

このレシピはバーンズ商会でアイスクリームメーカーを売り出す時にも付けるつもりだ。安全性を重視したい。

「まずは砂糖と牛乳を混ぜて火にかけます。そして鍋の縁にポツポツと泡が出たら火から下ろす。卵黄を混ぜた中に砂糖が溶けた牛乳を入れて混ぜ、五分ぐらい火を通します。生クリームは泡立てておき、冷めた牛乳汁と混ぜて、アイスクリームメーカーに入れる」

エバは一リットルで作ることにしたみたい。

砂糖の量や卵黄の数はエバ任せにする。私より料理に慣れているし、これまで前世のスイーツのレシピを何回も作っているから、砂糖ザリザリにしないからね。

私は余る卵白の使い道を考えるよ。スポンジ系も良いけど、やっぱりメレンゲだよね。これなら日持ちするし、売っても良い。

卵黄と砂糖の入った熱い牛乳を冷ますのは生活魔法でしたよ。生クリームも泡立てた。それを混ぜるのはエバだけどね。

「お嬢様、これをこの中に入れたら良いのですか？」

私が生活魔法で作っても良いけど、アイスクリームメーカーでしてみよう。

「ええ、これでできるはずよ」

錬金術クラブでの試作とは違って卵に火を通すやり方だから、味が変わるかもしれない。試さなきゃね。

「エバ、残った卵白で新しいスイーツを作ろうと思うの。卵白と砂糖だけで作るのよ。砂糖はもっと細かくないと駄目ね。卵白と混ぜ、泡立てて、鉄板の上に小さな丸にして焼くだけよ」

前に作っておいた口金を使おう！　今年のナシウスの誕生日ケーキの為に絞り袋の口金

を作っていたんだ。泡立て器も作ったよ。まだ、魔道具ではないけどね。フォークで混ぜるよりは楽だとエバは喜んでいる。今回は私が泡立てる。それをエバが絞り袋に入れて小さな丸に置いていく。

「あまり高い温度で焼かないでね。低温でじっくりと焼くのよ」

自分でできないのがもどかしいけど、エバの方が上手いのも確かなのだ。

「お嬢様」メアリーとしては台所に長時間いさせてくれた方だ。アイスクリームのお陰だね。でも、アイスクリームメーカーに材料は入れたし、オーブンにメレンゲも入った。あとはエバ任せだよ。

お茶の時間まで、メアリーと髪飾りを作る。紺色の生地でリボンを作って、白い小さな水玉に見えるように丸くカットした布を貼りつけた。

「お嬢様、ドレスもこの生地なのですか？」

メアリーは夏には暗い生地だと心配そうだ。

「これに白の襟と水玉になるように白い模様を縫ったのよ。今年から裁縫の授業は難しくなったわ。今は冬のドレスを縫っているところよ。裏地もあるから難しいわ」

収穫祭で着る濃い緑色のドレスも本当は出来上がっている。今は二着目、綺麗な青色だよ。三年間同じドレスでは可哀想だと、先生が生地を三着分くれたんだ。三着目は赤色だ。青系ばかりだと先生に押しつけられてしまった。赤って前世で着たことないから、少し困っている。今着たら凄く子どもっぽくなりそうなので、中等科三年生用にするつもり。その頃にはグラマーになっていたら良いな。前世でもスレンダーだったから、ボンキュッボンになると期待したい。

夏物の生地は良いのが残ってなかったけど、秋学期までには購入してくれるってさ。つまり、六着縫わないといけないことになったのだ。私は成長期だから四着分は仮縫いまで良いそうだ。やれやれ。

「それと新しい靴が必要なの。もう、キツくて履けないわ」

初めは少しブカブカしていたのが、ちょうど良くなり、今はキツい。

「まぁ、気がつかなくて申し訳ありません」

できたら一緒に買い物に行きたいなと、期待したけど、メアリーが買ってくるみたいだ。残念！

お茶の時間にアイスクリームを出したよ。まだ、グレンジャー家にお茶の時間は定着していない。もう少しだね。

「これは初めて食べる」

父親も食べたことがないと驚いているけど、ナシウスとヘンリーは夢中になっている。

「お姉様、これはアイスクリームというのですか？」

ナシウスは食べ終わって悲しそうだよ。

「ええ、明日は苺味のアイスクリームを作るつもりなのよ」

ぱっとナシウスの顔が笑顔になった。可愛い。少ししか出さなかったからね。夜のデザートにもするから。

「お姉様、美味しすぎるよ」

ヘンリー、悲しそうな目をしないで、お腹が冷えたら駄目なんだよ。まだ四月だからね。

「アイスクリームメーカーを作ったから夏には食べられますよ」

卵がない時はシャーベットでも良いしね。相変わらず卵は王妃様が下さる分だけだ。未だグレンジャー家には高価すぎるんだもの。砂糖も南からの輸入品だからね。楓《かえで》糖とか取れないのかな？　今度、調べてみよう。

エバのレシピで問題はなさそうだ。明日はそれに苺を入れるのだけど、生苺にするか、ジャムを混ぜるか悩むところだ。青葉祭で出すならジャムかな？　普通のアイスクリームに苺のゆるいジャムをマーブルに混ぜ込むタイプにしよう。私がずっと錬金術クラブにいれるわけじゃないからね。

「料理クラブに協力してもらえたら良いのだけど……カエサル部長に言うだけ、言ってみようかな？」

料理クラブのメンバーを一人も知らないから、無理かもしれない。それに女学生に錬金術クラブは評判が良いとは言えないもんね。それを言うなら全学生から変人扱いされているよ。魔法クラブは普通なのに何故なんだろうね。きっと、あの汚い白衣の印象が悪かったんだと思う。今はいつも真っ白だよ。

冷凍庫ができたら、早くから作っても大丈夫かな？　何人分ぐらいを考えているか要相談だ！

日曜、午後からサミュエルが来たので一緒にストロベリーアイスクリームの試食をしたよ。

「アイスクリームというのか、美味しいな！」

サミュエルは格好つけていたけど、ペロッと食べて私のをジッと見つめている。あげないよ。まぁ、好評みたいなので良いかな。

第一二章　青葉祭の準備、間に合うのかな

寮に帰る時も大荷物だ。ジョージに寮の食堂まで運んでもらう。そこからはメアリーと私で何回かに分けて運んだよ。まぁ、食料品はなくなっていたから、前よりは楽だけどね。

私は青葉祭のドレスも髪飾りもできているし、靴も新しいのを買った。音楽クラブの新曲も作ったし、グリークラブの伴奏も練習済みだ。つまり、錬金術クラブが大変なのだ。

「自転車だけで良かったかも？」

アイスクリームをどのくらい作らなくてはいけないのかがわからないので不安だ。でも、私より不安な女学生が中等科にはいっぱいいた。

「ペイシェンス、ドレスが間に合いそうにないわ。もう一時間増やさないといけないかも」

寮に来た途端、マーガレット王女は不安を口にする。空き時間の月曜と金曜の四時間目も裁縫に充てないと間に合いそうにない。週四回も裁縫は厳しいな。まして、好きでもないのだからね。音楽の時間なら平気だろう。

「他の方はどうなのですか？」

私は週一だから、今の状態はわからない。

「皆、焦っていないわ。ドレスになっていないもの」

先生方も学生の能力の低さを読み間違えたのかもしれない。

「何かお手伝いができたら良いのですが……」

マーガレット王女が間違っているのを指摘するのは先生も許してくれるが、私が直接手を出すのは駄目なのだ。六着もドレスを縫わないといけないのは厳しい。特に収穫祭用のドレスは裏地もつけなくてはいけないのだ。やはり、ミシンを作るしかないと思ったが、今は錬金術クラブは青葉祭のアイスクリーム模擬店と自転車の試乗の用意で手いっぱいだ。

「そういえば、裾かがりが大変だったわ……」

私ですらニュールック風のドレスの裾かがりはなかなか終わらなかった。マーガレット王女が裾をかがっていないドレスで青葉祭のダンスパーティに出るなんて駄目だ。前世には裾上げをするスティック状の接着剤があった。塗ってアイロンで固めるやつだ。一人暮らしになってカーテンを買った時、少し長すぎたのを、接着剤を塗ってアイロンで固めたことがある。洗濯しても外れなかった。

錬金術クラブが忙しくなかったら、接着剤を手伝ってもらえるのだけど、今はそんな余裕はない。スライム粉と何かでできそうなんだけど……接着剤って何でできていたのかな？　この異世界では本がある。つまり何かで本を綴《と》じているのだ。

自分の部屋で本を調べてみると、やはりなんらかの接着剤で留めてある。

「この接着剤で布が留められたら良いのだけど……」

スティックタイプにした方が塗りやすい。そこはスライム粉で固めたら良さそうだ。問題は、そんな実験をしている暇があるかどうかだ。

月曜の昼からは錬金術クラブだ。

「遅いぞ」なんて言われるけど、昼食の後ですぐに来たのだ。歩くのが遅いから仕方ないよ。

「ペイシェンス、アイスクリームのレシピはできたのか？」

カエサル部長にレシピを渡す。

「うん？　試作の時は火を通してなかったが……」

「ええ、私が作るなら卵を浄化できますから火を通さなくても大丈夫ですが、アイスクリームメーカーを売り出すなら、火を通した方が安全ですから。それで、何人前を考えておられるのでしょう」

カエサル部長は「ううむ」と唸る。

「どれほどの学生が来てくれるかわからないのだ。自転車は一人一〇分ずつにした。これは整理券を作っておけば良いだけだから簡単なのだが……」

ベンジャミンも横で考えている。この二人、本当に錬金術クラブにずっといるよね。

「多く作っておいた方が良いだろう。残ったらメンバーに買い取ってもらうさ」

二人に寮まで荷物を取りに来てもらう。女子寮は入れないので、階段を何回も往復して荷物を食堂まで下ろす。

「ペイシェンス、寮の下女に頼んだらどうだ？」

ベンジャミンはあまりの非効率に呆れる。うん、下女にチップをあげれば運んでくれるだろうけど、私はケチなのだ。

「今度からは錬金術クラブから荷物を運ぼう。ほら、鍵を渡しておく」

錬金術クラブからならジョージに運んでもらえる。楽になるよ。

「鍵を預かって良いのですか？」

音楽クラブではアルバート部長とルパート副部長が鍵を持っている。錬金術クラブはカエサル部長とベンジャミンが持っていたはずだ。

「ああ、私やベンジャミンはほとんど錬金術クラブにいるからな」

それはどうなんだろうと思うが、青葉祭までは鍵を預かっておくことにした。

「アイスクリームは前から作って冷凍庫で保存しておけば良いと思います。残っても良いのなら、多めに作っておきます」

これは冷凍庫をどのくらいの大きさにするかを考えないといけない。カエサル部長とベンジャミンにそこは任せよう。

「カエサル部長、本とかを綴じている糊《のり》は膠《にかわ》ですか？」

クラブハウスに荷物を運び込んで、片付けてから質問する。さっさと質問しないと、他の話に集中しそうだからだ。

「多分な……ペイシェンス、また何か考えているのか？」

カエサル部長に質問し返された。

「ええ、縫わなくても良い糊を考えているのですが……上手くできるかわからないのです」

布の表面まで染みたりしては駄目なのだ。それにすぐに剝がれたりしてもいけない。青葉祭で錬金術クラブもすることが多いけど、ドレスが出来上がらないと困る女学生も放置してはおけない。

「ペイシェンスはそちらに集中しても良いぞ。どうせ家政コースで必要なのだろう」

ガラスの器のデザインなどはデッサンしている。

「ガラスの器やガーデンテーブルやチェアーも見本を作ってくれれば、あとは私たちでやるよ」

それならと、ガラスの器、ガーデンテーブル、チェアーを錬金術で作る。

「ペイシェンス、お前はこれだけでも食べていけるな」

ベンジャミンに褒められたけど、何個も作るのは任せる。

膠はカエサル部長が用意してくれると約束してくれたが、上手い具合にできるかはわからない。

火曜の裁縫の時間、私はマーガレット王女のドレスがどこまで縫えているのかチェックする。仮縫いは終わっていてホッとする。

「本縫いだけなら、なんとか間に合いそうですね」

教室にはまだ仮縫いもできていない学生もいた。

「ええ、ペイシェンスが縫う順番をチャコで書いてくれたから、間違わなくて良かったわ」

そっか、まだ仮縫いができていない学生は、間違えて解《ほど》き直したりしていたのだ。

「本縫いも仮縫いと同じ順番ですわ。ただし、縫い目を細かくしないと綺麗に仕上がりません」

仮縫いのザクザクとした縫い目でも遅かったマーガレット王女は、本縫いになったらほんの少しずつしか進まない。これで六着もドレスを縫うのは苦行だ。青葉祭が終わったらミシンを真剣に作ろうと決めた。

だが、今は布を引っつける接着剤を作らなければ！　この縫い目のドレスでダンスするのは危険すぎる。縫い代を留めておく必要もあるかもしれない。つまり、絶対に表地に響かない接着剤にしなくてはいけないのだ。裾なら少々は良いかもなんて甘いことを考えていたのに、ハードルが高くなったよ。

水曜は、カエサル部長は午前中はいないが、鍵があるから私はクラブハウスへ籠もる。膠を置いてくれていた。

膠は美術の時間でも使ったが、キャンバス地は厚い。夏物のドレスの生地は薄いのだ。スライム粉を水に溶かして、膠と混ぜる。割合をノートに書いて、調合していく。昼食後も、ずっと調合していた。

「ペイシェンス、どうだ?」

ベンジャミンに声をかけられたが、なかなか思う固さにならない。

「理想的な固さになかなかならなくて、それにある程度は滑らかさも必要だし……」

本当は数か月かけて作る物なのだ。数週間でできるか不安だ。

「一度、離れて考えた方が良い。突き詰めすぎると、見えなくなる場合もあるからな」

今日は、一時間目以外はずっと膠とスライム粉の調合をしていた。目も疲れているし、肩も凝っている。

「ええ、少し休憩します」

クラブハウスにはガーデンテーブルやチェアーがいっぱい並んでいた。私が作った見本通りだ。

「これにペンキを塗れば出来上がりですわ。白色か濃いグリーンが良いと思います」

ガラスの器もかなり作られている。アイスクリームメーカーも、冷凍庫も作りかけている。

「青葉祭までに間に合うかしら」

不安そうな私をカエサル部長が笑う。

「ペイシェンスのドレスは縫えているのだろう。間に合わなかった学生は先生がどうにかされるさ」

それはそうなのだが……。

「私に縫わせてくれれば、すぐに出来上がるのに」

つい愚痴ってしまった。

「それでは授業にならないだろう」

全員に笑われたが、やはり裾上げぐらいは接着剤で楽に済ませたい。

「どんな風な糊にしたいのだ？」

カエサル部長は手伝ってくれるつもりなのだ。

「でも、青葉祭の準備もあるのに……」と口籠もっていると、ベンジャミンに笑われる。

「アイスクリームを作れるのはペイシェンスしかいない。さっさと糊を作ってしまわないと、私たちが卵を割ることになるのさ」

確かにこのメンバーに料理は無理そうだ。そこから全員で、アイロンで固めて、洗濯しても取れないけど、塗る時は滑らかで表に響かない糊を調合した。

「ありがとうございます」

洗濯機で洗っても大丈夫だった。それに表には響かない。それと副産物でスティック糊の容器も作った。これは口紅の容器にも転用できるよね。今のは小さな容器に入っていて、それを口紅筆で塗るのだ。マーガレット王女の化粧台に置いてあったから知っているよ。リップスティックを作ってみよう。儲けになりそうだから、嬉しいな。

第一三章　青葉祭の準備でヘトヘト

裾上げ用の糊をキャメロン先生に見せるのは少し勇気が要った。だって、縫わなくても良い便利な道具なので、怠けたいからだと思われないか心配だったんだ。

「このように塗って、アイロンで押さえます。そうすると、洗濯してもはずれません」

キャメロン先生は腕を組んで考えている。普段は笑顔が多いキャメロン先生なのに難しい顔だよ。

「私にもやらせてもらえるかしら？」

キャメロン先生は裾にスティック状の糊を塗ってアイロンで押さえて、剝がれないか布を引っ張って確かめる。

「まぁ、本当にくっついているわ。表にも響いてないようだし……凄い物を考えたわね！」

叱られるかと思ったが、褒められた。難しい顔だったのは、それほど真剣に考えていたからだ。

「勿論、ちゃんと縫った方が上等だと思いますが、裁縫が苦手な学生も多いですからね」

これもバーンズ商会で売ってもらうことになったが、青葉祭までのは試供品として提供する。ドレスが青葉祭に間に合わないからね。

「魔道具のアイロンも買わなくてはいけませんね。細かい所は小さな魔道具のアイロンが良いでしょうから」

魔道具のアイロンも買い上げてくれそうだ。アイロンがけに慣れていない令嬢には、炭の入った重いアイロンで裾を押さえていくのは無理そうだ。

裾上げは楽になったが、青葉祭までマーガレット王女たちはドレス縫いに追われた。

私は、音楽クラブは新入生の新曲も仕上がったし、グリークラブの伴奏も練習済みだから、錬金術クラブに入り浸っている。

冷凍庫ができたので、アイスクリームをいっぱい作っていたのだ。アイスクリームメーカーを使うこともあったけど、生活魔法で時短する。特に苺ジャムのマーブル模様は生活魔法で作った方が綺麗にできるからね。

「このくらいあれば良いだろう」

冷凍庫にアイスクリームの容器が六つ詰まっている。一つの容器に二リットルだから、四〇個分のアイスクリームになる。苺味とミルク味で二個ずつ盛りつけとしたら、六つの容器で一二〇人分だ。

「足りなかったら？」

少し不安になったが「食券を一〇〇枚しか作らないから、売り切れたらおしまいさ」とカエサル部長は笑い飛ばす。

二〇枚分は、身内で食べるつもりみたいだ。お手伝いの上級メイドにも試食させたいしね。アイスクリームに使わない卵の白身は、カエサル部長が家に届けてくれた。これでメレンゲをエバに焼いてもらう。

私は、午前中は音楽クラブの発表とグリークラブの伴奏で錬金術クラブには来られない。

「冷凍庫でアイスクリームはカチンカチンですから、少し前から出しておかないといけません。それと前日には練習をしないと」

それと、今回は看板を描く。前のように教室で展示だけではないのだ。

木の板に『自転車　試乗会場』『アイスクリーム　試食会』の看板を何枚か描く。絵も描くが、それはほとんど私が描いた。

「ペイシェンス、絵が上手いな」

試乗会の時間スケジュール表や、その予約票、アイスクリームのチケットも作る。このノリは高校や大学の学祭に似ているね。懐かしくなったよ。

音楽クラブの新曲発表会は、午前中は新入生と私になった。マーガレット王女は午後からだ。

「マーガレット様、午後からは錬金術クラブに行かなくてはいけませんが、大丈夫ですか？」

　アルバート部長が笑う。

「マーガレット様は、どうせ講堂から離れないだろう。私や他のメンバーもほぼ離れないから大丈夫だ」

　でも、マーガレット王女は少し他の案があるようだ。

「ペイシェンスが考えたアイスクリームとやらを食べてみたいの。昼からの演劇クラブの発表はパスして、食べに行きましょう」

　アルバート部長も、ルパートや他のメンバーも新しいデザートに興味があるみたい。

「チケットを用意しておきますわ」

　なんて言っていたら、サミュエルが聞きつけた。

「私もアイスクリームが食べたい。あれは、とても美味しかったからな」

　メンバーの目がサミュエルに向かう。

「食べたのか？」

　ダニエルたちに質問攻めにあっている。

「グレンジャー家で試食したのだ。冷たくて、甘くて、凄く美味しかった」

　結局、音楽クラブのメンバーのチケットを用意することになった。

　この時は簡単に考えていたが、サミュエルたちはクラスメイトに話すし、他のメンバーも同じだ。

「ペイシェンス、このままでは足りないな」

ほぼ、チケットは売り切れてしまった。急遽《きゅうきょ》、アイスクリームの容器を四つ分追加で作る。冷凍庫はパンパンだ。テーブルや椅子も何個か増やした。

「まぁ、この八〇個分は当日販売だな。洗う暇がないかもしれないから、ガラスの器やスプーンも増産しておこう」

一応は水道が引かれている部屋だったので、メイドに洗ってもらう予定だったが、盛りつけと運ぶだけで忙しそうだ。私は午後からしか来られないのが痛い。

「昼食後、マーガレット王女がアイスクリームを試食しに来られます。一つテーブルを予約したいのですが……無理でしょうか？」

カエサル部長は「仕方ないな」と許可してくれた。

「そうだ、アイスクリームも予約制にしたら良いのかもな。全席はしないが、一定数の席は予約席にしよう」

上級貴族の学生だけでなく、保護者もいるのだ。混乱を避けるには予約席が必要だ。

また、予約時間表を作る。それと、渡す予約票も作ったよ。これも、あっという間に埋まった。特に保護者が来る学生は予約する人が多い。上級メイドに手伝いを頼んで良かったよ。失礼があったら大変だもの。

「自転車の試乗会の予約もかなり埋まってきたな。これで新メンバーが増えれば良いのだが……」

去年の青葉祭のように閑古鳥は鳴いてないが、それで錬金術クラブに入るかどうかはわからない。ただ、白衣も綺麗だし、前よりは好印象なのではないだろうか？

青葉祭の前日、グリークラブの舞台練習に伴奏もしなくてはいけない。音楽クラブは去年と違ってすんなりと決まった。私と一年生が午前中だから、午後は中等科の学生を振り分けるだけで済んだからだ。サミュエルたちの乗馬クラブの試合は午後からだ。

「ところで、投票で最下位とか嫌ですからね」

すっかり忘れていたが、今年から投票が実地されて、それで次の年の講堂使用の時間配分が決まるのだ。マーガレット王女の心配をアルバート部長は笑い飛ばす。

「コーラスクラブと演劇クラブの最下位争いだな。何故、演劇クラブは暗い演目ばかり選ぶのだろう」

アルバート部長も呆れているが、また今年も暗い悲劇をするようだ。まぁ、去年の収穫祭の神話劇よりはマシかもしれない。年老いた王が身内に冷たくされて死ぬ話だ。前世の『リア王』に似ているが、娘ではなく息子だ。より殺伐として、死人が多い。

グリークラブの舞台練習は、まぁ成功だった。演技力はまだ改善の余地があるが、歌とダンスは良い。特に後ろで踊っているダンスクラブは素晴らしくて、役付きのメンバーと総取替したくなるほどだ。まぁ、歌は下手かもしれないけどね。

「まぁ、グリークラブは強敵ね」

マーガレット王女は音楽クラブが一番を取らないと嫌みたいだ。私はどちらだって良いよ。さほど発表時間の長さに興味がないから。中身で勝負したら良いんじゃないかな？

なんてことは口にしないよ。大変だからね。

「錬金術クラブに行ってきます」

マーガレット王女の許可を得て私は錬金術クラブだ。マーガレット王女はドレスの仕上げが残っている。アイロンがけとかしないとね。そう、ぎりぎりドレスは出来上がったのだ。まだ縫っている学生もいるそうだ。キャメロン先生は大変だね。

錬金術クラブには各家の上級メイドが集まっていた。うん、美人揃いだ。綺麗なレースの付いたエプロンとヘッドドレスが萌えポイント高いね。本物のメイドカフェだよ。

「ペイシェンス、グレンジャー家からこのお菓子をもらってきたぞ」

エバが焼いたメレンゲだ。作っておいた小袋に入っている。いらない布をピンクやブルーに染めてリボンにして付けているから、可愛いよ。見た目も大事だよね。

「皆様、試食して下さい」

一つ開いて、全員で試食だ。口に入れるとスッと溶ける。

「これは美味しいな」

「ええ、それに日持ちするからお土産に良いのです」

このメレンゲはアイスクリームのエリアで販売することになった。

「ペイシェンス、アイスクリームの方は任せて良いか?」

カエサル部長、私が午前中はいないの忘れているな。他のメンバーは自転車に夢中だ。

Ⅳ号機は後ろを二輪にして三輪車にしたのだ。そこに荷物を置いて運ぶのだけど、今回は人を乗せられるように椅子を付けた。前世の東南アジアの自転車タクシー、シクロだ。これがメンバーたちに大好評で、全くアイスクリームの方には来ない。

確かに自転車は、男子学生しか試乗しないだろうから、シクロなら女学生も後ろに乗れるもんね。これで女学生も入部してくれるかもとカエサル部長は喜んでいるけど、それはどうだろう?

「皆様、私は、午前中は来られません。だから、指示の出し方とか、アイスクリームを冷凍庫から出すタイミングなどを覚えて下さい」

上級メイドにガラスの器にアイスクリームディッシャーで丸くすくって、盛りつけるやり方を教える。

「白のミルクとピンクの苺アイスクリームを盛りつけて、上にミントの葉っぱを飾ります。皆さん、盛りつけて食べてみて下さい」

上級メイドは美しさだけで選ばれているのではない。賢さも条件だけあって、一度の説明ですぐに丸く綺麗に盛りつける。

「まぁ、美味しいですわ」

好評で良かったよ。あとは、予約席の説明をして終わった。メンバー、聞いている？

「シクロの運転手をクラブメンバーでしても良いな。それとも試乗したい学生にもさせるか？」

わいわい騒いでいるが、人を乗せてシクロを走らすの結構体力いるけど、大丈夫かな？

うちのメンバー、割とひょろっとしているんだけど……なんて失礼なことを考えていた。

第一四章　青葉祭は大盛況

音楽クラブの新曲発表会は、コーラスクラブの発表の間に挟まれている。ルイーズに会うのは気が重いが、挟まれているので絶対に会いそうだ。

「相変わらず、コーラスクラブは古臭い歌ね」

マーガレット王女は手厳しい評価だ。ルイーズも歌っているが、女学生ばかりで迫力不足に感じる。

「男子学生もいたはずですが？」

秋の収穫祭には男子学生が数人いたのに、見当たらない。午後からの発表に回ったのかな？

「まぁ、ペイシェンスは情報に疎いわね。男子学生はグリークラブに変わったのよ。女子学生もかなり移ったと聞いたわ。コーラスクラブでは上級貴族じゃないとソロは歌わせてもらえないもの。実力主義じゃないから、不満を持った学生は移ったわ」

なるほどね、コーラスの厚みがない気がしたんだ。人数も減ったんだ。なんて呑気《のんき》なことを考えていたが、次は音楽クラブの新曲発表会だ。舞台の端に寄せられていたハノンを真ん中にして、譜めくりを立てる。

アルバート部長は慣れた様子で「音楽クラブの新曲発表会をします」と簡単に挨拶した。

今年は一年生が多いから、私は捲《めく》らなくて良いし気楽だよ。一年生はくじ引きで順番を決めたみたい。一番目はクラウスだ。マジ、天使みたいな見かけで、ドストライク！　なんとか『雑草』を『花園』に編曲した新曲と私の『子猫のワルツ』を弾いた。

「ブラボー」あっ、ラフォーレ公爵が今年も騒いでいるよ。

次はサミュエル。新曲は『春の稲妻』、少しロックっぽくて好きだな。『ノクターン』を弾いたよ。うん、ラフォーレ公爵が興奮して騒いでいる。アルバート部長が止めに行った。良かった。

ダニエルの新曲は一番編曲が大変だったけど、なんとか格好はついた。『別れの曲』を弾いたけど、上手いな。

バルディシュの新曲は『トロット』だ。馬のトロットっぽさが出たダンス曲だ。それとアルバート部長の超絶技巧曲を弾いたよ。凄い、指がよく回るね！

私は『英雄ポロネーズ』とマーガレット王女の『若人の歌』を弾いたよ。

うん、大拍手で終わって良かった。あとはコーラスクラブの発表だね。

「ペイシェンス、良かったわよ」

マーガレット王女に褒めてもらえたのは良かったが、近づいてくる影はラフォーレ公爵かな？

「ペイシェンス・グレンジャーだったな。素晴らしい才能だ。ぜひ、屋敷に来てくれないか？」

アルバート部長が間に入ってくれたが、少し目が真剣すぎて怖かった。

「父上、まだ発表会は続きますから、席に着きましょう」

マーガレット王女も心配そうだ。

「ラフォーレ公爵はかなり危ないわ。ペイシェンス、気をつけるのよ。どなたか婚約できる相手はいないの？」

貧しいグレンジャー家に縁談なんか……そういえば冬休みにモンテラシードの伯母様が持ってきていたな。即、断ったけど。

アルバート部長の義母にはなりたくないよ。いざとなったら、そっちの縁談に逃げるしかないのかも。あまり年上じゃないと良いな。私はショタコンだから、おじ様はダメなんだよね。なんて考えていられるほど、コーラスクラブの発表は退屈だった。ルイーズがまた出ている。かなり人数が減ったんだね。

「さぁ、裏手に行くわよ」

次はグリークラブの発表だから、伴奏の私たちも楽屋に向かう。そこは華やかな衣装を着たグリークラブのメンバーで賑《にぎ》わっていた。ダンスクラブのメンバーもバックダンサーで参加するので人が溢れている。

数人ずつの発表のコーラスクラブとは凄い違いだ。

私はハノンを、マーガレット王女はフルーを、バルディシュとサミュエルとダニエルはリュートを、そしてルパートとクラウスは打楽器だ。アルバート部長は指揮をする。

『アレクとエリザ』はとても良かった。観客も喜んで拍手喝采している。特に、戦場に行ったアレクの無事をエリザが神に祈って歌う『アメージング・グレース』は圧巻だった。確かにルイーズが歌いたくなるのもわかるよ。

「これは、音楽クラブは一番になれないかもしれないわ。兎も角、お昼にしましょう」

「ペイシェンス、私が昼食中に父上を説得するつもりだが、マーガレット王女の側を離れないようにしなさい。父上は私より音楽に没頭するタイプだ。何をなさるかわからない」

マーガレット王女の側を離れないようにとアルバート部長にも注意を受けた。ラフォーレ公爵が拉致するかもしれないと、息子も心配しているみたいだ。危険人物だよ。

私は午後からは錬金術クラブなので『音楽クラブ』に一票投じておいた。


上級食堂サロンは前の年のようにパーティションで仕切られていた。保護者がマーガレット王女やキース王子に挨拶に来たら、ゆっくりと食べられないからね。いつものようにキース王子とラルフとヒューゴと昼食を取る。

「マーガレット姉上は午後からはどうされるのですか?」

午前中で騎士クラブの試合は終わりだ。私は錬金術クラブに行くので、できたらキース王子にマーガレット王女の側にいてほしいと思ったのだが、違う方向に話が進む。

「私は、食後は錬金術クラブでアイスクリームを試食するつもりなの。その後は講堂で新曲発表会よ。だから、キースにはペイシェンスの付き添いを頼みたいの。この子をラフォーレ公爵が連れて帰らないように見張ってほしいのよ」

「まさか、さすがにそんなことはありませんわ。大丈夫です」

慌てて断る。キース王子と一緒なんて肩が凝るよ。

「ラフォーレ公爵は独身なのだな。アルバートのような音楽馬鹿なら危ないぞ」

この国の公爵が変人で良いのだろうか？

「そうなのよ。さっきもぜひ、屋敷に来るようにとペイシェンスに言っていたわ。アルバートが遮ってくれたけど、私がいないと逆らえないわ」

キース王子の眉が上がる。怒っているみたいだ。確かに中年の親父が一一歳の娘に無理を言うなんて良くないよね。それも公爵だから、逆らえないし。

「わかりました。ペイシェンスの側から離れません」

四時間目の終わりに裁縫室まで送ってもらうことが決まった。それに四時間目が終わったら保護者は学園から帰るし、そこからはマーガレット王女と一緒に行動する。

「キース王子も見学したい所があるのではないですか？　これからは錬金術クラブにいる

ので大丈夫です」

断ろうとしたが、マーガレット王女もキース王子も許してくれない。

「まだペイシェンスは貴族の怖さを知らないのよ。強制的にでも屋敷に連れ込まれてしまったら、悪い噂が立って真っ当な結婚などできなくなるわ。ラフォーレ公爵の後添えなら御の字で、愛人扱いかもしれないのよ」

中年の愛人！　鳥肌が立った。無理だ！

デザートはアイスクリームを試食するので断って、錬金術クラブの展示会場へ向かうことになった。


「まぁ、凄い人ね」

私も朝からずっと講堂にいたので知らなかった。自転車の試乗もアイスクリームの試食も大繁盛だ。

「おっ、ペイシェンス！　やっと来てくれたな」

カエサル部長とベンジャミンに熱烈歓迎された。

「マーガレット様は席を予約してあります。キース王子とラルフ様とヒューゴ様も一緒にどうぞ」

この人出の中は大丈夫だろう。マーガレット王女たちが予約席に着く。私は展示会場を半分に仕切った簡易キッチンで上級メイドの手伝いだ。

「器が足りませんの」

洗おうとしたらしき痕跡はあるが、客の応対で忙しくて放置されている。私は腕まくりして器を洗う。乾かすのは生活魔法で簡単に終わらせた。

「昼食は食べましたか？」

バーンズ公爵家からランチボックスが届いていたが、手を付けた様子はない。私は紅茶を淹れて、二人ずつ昼休憩を取らす。

その間は盛りつけを私がする。運ぶだけなら二人でも大丈夫だ。

錬金術クラブのメンバーも昼食を取っていないようだ。私は異世界に来た時に飢えたから、食事を抜くのは反対だ。上級メイドたちが食べ終わったので、今度はメンバーたちだ。

「カエサル部長、昼食を食べに行って下さい」

自転車を自慢げに説明しているカエサル部長に言ってみるが、「わかった」と言うが、わかってない。それどころか、自転車の試乗の整理を手伝わされた。

Ⅰ号機はコマ付きなので簡単なのに人気がない。皆、見栄を張ってⅡ号機とⅢ号機に試乗したがる。そしてⅣ号機には意外なことに保護者が殺到していた。カエサル部長は女学生が錬金術クラブに興味を持ってくれるのではと考えていたが、あいにくな結果だ。夫婦で仲良く乗っている保護者も多い。

マーガレット王女たちもアイスクリームを食べ終わったようだ。挨拶をしに行く。

「ペイシェンス、とても美味しかったわ」

褒めてもらえたよ。ついでだから、宣伝しておこう。

「このデザートを作る道具をバーンズ商会で販売します。レシピも付けますから、アイスクリームをいつでも食べられますよ」

マーガレット王女だけでなく、キース王子とラルフやヒューゴも目を輝かした。お買い上げ決定だね！

マーガレット王女は、音楽クラブのメンバーと講堂へと向かう。皆、観劇はパスしたみたい。演目が暗いもんね。

キース王子とラルフとヒューゴは錬金術クラブの展示会場に残った。なんだか、クラブメンバーから怪訝な目を向けられているような気がする。そりゃ、変だよね。キース王子と学友が縁もゆかりもない錬金術クラブの展示場に居座るなんてさ。

「自転車の試乗をされてはいかがですか？」

ずっと側にいられても窮屈だ。それに手持ち無沙汰みたいな顔をされて横にいられても困るよ。

「だが、予約をしていないのだ」

そう言うが、さっきから足をつきつき自転車に乗っている男子学生を熱心に眺めている。

「Ⅰ号機なら予約があまり入っていませんよ」

キース王子はコマ付きは格好悪いと感じたようだ。

「足をつきつきより、Ⅰ号機でスイスイ自転車に乗る方が良いですよ」

「ペイシェンスがそう言うなら、乗ってみよう」

うん？　何か引っかかる言い方だよね。まぁ、私が自転車に詳しいからかな？

「これがハンドルで、ここをギュと握ればブレーキになります」

キース王子は自転車のコマ付きはスイスイ乗れた。運動神経は良いからね。ラルフやヒューゴも乗れたよ。

「これは面白いし、便利だな」

Ⅳ号機を見て、便利さにも気づいたようだ。

「ええ、近場なら馬車は必要ありませんわ」

キース王子は難しい顔をする。

「ペイシェンス、自転車で一人で出かけてはいけないぞ。ラフォーレ公爵だけでなく、お前の才能を狙う奴は多いからな」

音楽馬鹿以外にも目をつけられているのだろうか？　意味不明だよ。

「アイスクリームメーカーや自転車だけではないのでしょう？」

ラルフに言われて、洗濯機や冷蔵庫、冷凍庫、アイロン、ヘアアイロンの展示会場を案内する。

「この洗濯機とやらは、下女の代わりか？　冷蔵庫や冷凍庫は食品の保存に良さそうだ。アイロンはわかるが、ヘアアイロンとはなんだ？」

キース王子にあれこれ説明しているうちにアイスクリームもメレンゲも売り切れた。

「これで販売は終了です」

カエサル部長が説明しているが、予約していた客を見て不満を言う学生も多い。

私は上級メイドに材料があるか聞いて、あと二つ分のアイスクリームを作った。時間がないから、アイスクリームメーカーではなく、生活魔法でちゃちゃと作るのを見て、キース王子たちに呆れられたよ。

「カエサル部長、あと四〇個作りました。でも、これで材料はなくなりましたわ」

詰めかけていた学生たちもアイスクリームを美味しそうに食べている。

「少しは錬金術クラブに入る気になった学生がいると良いのだが……自転車とアイスクリームメーカーは売れそうだがな」

そうなんだよね。展示会場は閑散としているもん。なんとか青葉祭も無事に終わりそうだ。

「後片付けはメイドに任せなさい。ペイシェンスは着替えなくてはいけないのだろう？」

今年から裁縫の時間で縫ったドレスでダンスパーティに出るのは、カエサル部長も知っていた。中等科二年Ａクラスでも女学生が騒いでいたのだろう。

「ええ、でもダンスパーティに興味はないので……」と断ろうとしたが、私の後ろにはキース王子とお供の二人が待ち構えている。

「ペイシェンス、裁縫室まで送るぞ」

カエサル部長に「行きなさい」と言われて、ドナドナされる気分で裁縫室まで歩く。

「ペイシェンスは、ドレスはできているのだろう？」

キース王子にはダンスパーティが苦手な理由なんかわからないだろうね。初等科は制服なのに、中等科はドレスなんだよ。私は初等科としても背が低い方なのに、ドレスを着たら目立つじゃん。それも悪い方にね。

「少し参加したら寮に帰りますわ」

初めから帰るのが前提なのを呆れられる。

「ダンスも修了証書もらったじゃないか」

それはリーダーがカエサル部長だったからだよ。なんて言ったら、また機嫌が悪くなるかもしれないから言わないよ。

「キース王子、ラルフ様、ヒューゴ様、ありがとうございます」

ラフォーレ公爵には会わなかったし、さすがに拉致して屋敷に連れて帰られるとは思ってないけど、エスコートしてもらったお礼を言う。

「いや、ペイシェンス、本当に気をつけるのだぞ」

そんなことを言われると不安になるけど、いざとなったらモンテラシード伯母様の縁談に逃げるしかないかもね。やれやれ。

第一五章　青葉祭のダンスパーティ

裁縫室ではパーティションの後ろでお着替えの最中だった。マーガレット王女はもう着替えていたが、髪の毛が少しドレスに合っていない。

「マーガレット様、髪の毛をセットしますわ。髪飾りは持ってきておられますね」

いつもは片流しにしているが、ダンスには不向きだ。一度、解いて、綺麗に結い上げてドレスと同じ色の若草色のリボンを付ける。

「まぁ、素敵ですわ」

「本当にペイシェンスは髪を結うのが上手いわ」

薄い若草色のドレスを着たマーガレット王女は本当に綺麗だ。さて、私も着替えよう。

水玉模様のドレスを着て、今日はハーフアップにした後、髪の毛をクルクルにカールさせる。そして小さな水玉模様の紺色のリボンを付けたらお終いだ。

パーティションから出たら、何故か皆の視線が集まった。

「ペイシェンス、とても素敵だわ」

マーガレット王女に褒められた。柄物は私だけだから目立っているね。しまったなぁ。

他の女学生のドレスもパッと見た目はちゃんと縫えている。近くで見たらアラが見えるかもしれないけどね。

ダンス会場は華やかなドレス姿の中等科の学生を、初等科の制服の学生が羨ましそうに眺めていた。

何か騒《ざわ》めくと思ったら、パーシバルだ。うん、やはりハンサムだよね。

「今年の騎士クラブの試合ではパーシバルが優勝したそうよ」

なるほどね、女学生の視線を独占しているはずだ。

「ねぇ、パーシバルに盾役をお願いしてみたら？」

それは無理だ。釣り合わないよ。ちょっと、マーガレット王女、扇子で手招きしないで！

「何か御用でしょうか？」

わっ、来ちゃったよ。近くで見ると、よりハンサムだね。

「パーシバルはペイシェンスの再従兄弟になるのよね。この子を音楽馬鹿のラフォーレ公爵から護ってほしいの」

だから、それはマーガレット王女の想像だと思うよ。いくらなんでも年が離れすぎている。えっ、パーシバル本気に取らないでよ。

「それは困りますね。ラフォーレ公爵は独身ですから、断るのが難しいでしょう。私で良ければ虫除《よ》け役を務めましょう。ペイシェンス様には御恩がありますから」

マーガレット王女は満足そうに微笑むけど、私は針の筵《むしろ》に座らされた気分だ。

「さぁ、二人で踊っていらっしゃい。私も踊るわ」

美人なマーガレット王女はダンスの相手に困らない。私は嫉妬の視線を浴びながら、パーシバルとダンスする。

「パーシバル様、マーガレット王女は大袈裟《おおげさ》に言われているだけですわ」

でも、パーシバルは頷かない。

「この件がなくても、私はペイシェンス様との縁談を進めてほしいと願っていたのですよ」

えっ、驚いたよ！　モンテラシード伯母様が持ってきた縁談はパーシバルだったの？

「ええっ、私なんかよりもっと美人で家柄も良い令嬢がいらっしゃるでしょう」

謙遜じゃなくて、本当のことだよ。ペイシェンスもガリガリじゃなくなって、可愛くはなったけど、貴族の令嬢には美人が多い。性格は悪かったけど、マーガレット王女の学友とか、前世では見たことないほどの美人だよ。スーパーモデルやアイドル並みだもん。

パーシバルはクスッと笑う。あっ、ハンサムって反則だよね。近くで見ていると、好きでなくてもドキドキしちゃうよ。

「ペイシェンス様の素直なところが好きなのです」

わっ、低音ボイスに顔が赤くなっちゃう。

「それに打算もあります。外交官の妻がパートナーとして信頼できないとやっていけませんからね」

なるほどね、打算と言われてドキッとしたけど、グレンジャー家に持参金を期待しているわけないいね。

「外交官に興味はありませんか？」

それは、興味はある。前世でなりたかったけど、外交官試験が難しすぎて、初めから諦めたんだもん。挑戦したら良かったかもと、就職しても後悔していた。

色恋ではなく、パートナーとして口説かれると弱い。色恋ならドストライクはクラウスだけど、ラフォーレ公爵よりパーシバルは一〇〇万倍マシだもん。ただ、パーシバルの横にいると常に『なんでお前が？』って視線に晒《さら》されるのが欠点だよね。今もビシバシ感じるよ。

「まだ結婚など考えていません。外交官は選択肢の一つですわ。ロマノ大学でゆっくり考えたら良いと父にも言われています」

断ったのにパーシバルは満足そうに微笑む。

「それで結構ですよ。私との結婚も選択肢の一つに加えて下さい」

あっ、パーシバルは優れた外交官になりそうだ。笑うけど引く気はないとわかったもん。押しに弱い私には強敵だ。

曲が終わった時、キース王子がダンスに誘ってきた。

「では、ペイシェンス様、また踊りましょう」

パーシバルって引き際も格好良いんだよね。キース王子もダンスは上手いよ。

「パーシバル先輩と何を話していたのだ？」

そんなことを聞かなければ良いのにね。お子ちゃまなんだから。

「外交官にならないかと誘われていました」

キース王子は驚いたようだ。

「そうか、ペイシェンスは文官コースも取っていたのだな。えっ、パーシバル先輩は外交官になるのか？」

驚いているよ、知らなかったようだ。

「ええ、春学期で騎士コースは修了するそうですから、秋学期からは文官コースを選択されるようですよ」

キース王子はショックを受けたみたい。

「パーシバル先輩は試合で優勝されたのに……だから部長になられなかったのか」

騎士クラブには打撃だろうけど、優れた外交官になりそうだよね。まぁ、お陰で色々と聞かれなくて良かった。キース王子は考え込んでいたからね。

やれやれ、やっと椅子で休憩だと思ったら、アルバート部長がやってきた。

「ペイシェンス、踊りながら話そう」

椅子の周りには女学生が座っているから、ダンスしながらの方が話しやすいかもね。

きっとラフォーレ公爵の件だと思うし。

「ペイシェンス、父上の件は心配しなくて良い。私が結婚したい相手だと伝えたら、喜んで譲って下さったから」

げげげ……それは新たな問題では？　確かにラフォーレ公爵よりアルバートの方が一〇〇倍マシだけど、音楽漬けの人生は遠慮したい気分だ。

「アルバート部長、まだ結婚なんて考えていません。それに卒業したらロマノ大学で学ぶつもりです」

アルバート部長もまだ結婚などしないと頷いたが、ロマノ大学で学ぶと聞くと変な顔をした。

「ロマノ大学で何を学ぶのだ？」

どうやらロマノ大学には音楽科はないようだ。アルバート部長に言わせると時間の無駄らしい。駄目だ、アルバート部長とは無理だよ。音楽以外の選択肢が潰されるもの。

「私は何がしたいかわからないのでロマノ大学で学んで選びたいと思っているのです」

「馬鹿な、そんなに素晴らしい音楽の才能を授かっているのに！」

わぁ、逃げ出したいよ。ちょうど、曲が終わった。

「ペイシェンス、踊ろう！」

キース王子が白馬に乗った王子に見えたよ。

「ありがとうございます。ラフォーレ公爵の件は大丈夫だそうです」

午後から付き添いしてもらったので、結果は教えておく。

「それはアルバートと結婚するから大丈夫なのか？」

「まさか、あり得ませんわ」

キース王子が機嫌良さそうに笑う。でも、ふと真剣な顔になった。

「ラフォーレ公爵家からの縁談を断れるのか？」

あっ、それは考えていなかった。確かにグレンジャー家が断れるとは思えないよ。だから、マーガレット王女はパーシバル推しなんだ。婚約者がいるなら断れるからね。

「まだ先の話ですわ」と誤魔化しておく。本当にまだ先だと良いな。

こんな場所には来そうにないカエサル部長とも踊ったよ。

「後片付けを手伝えなくてすみません」

謝っておく。でも、大丈夫だと上機嫌だ。初等科三年の男子学生が一人入部してくれそうだからだ。

「自転車に興味を持ったそうだ。錬金術とは少し違うが、機械いじりが好きだと言っている」

あっ、それは嬉しい！

「なら、ミシンの製作を手伝ってもらえますね！」

あっ、しまった。カエサル部長に新しい道具は禁句だよ。ダンスを中断してミシンの話になっちゃった。

「そうか、布を縫う機械か！　それとマギウスのマントも作らなくてはな！」

錬金術の話で盛り上がっていたら、ベンジャミンやブライスやアーサーもやってきて、ダンスどころではなくなった。

「マントは刺繍の糸が肝だと思います。魔石から魔法を通して、守護の魔法陣を活性化させる必要がありますもの」

全員で、あーだ、こーだと激論になった。

「ペイシェンス、踊りなさい」

マーガレット王女に呆れられたけど、ダンスよりこっちの方が楽しいんだ。

でも、同じクラスの文官コースの男子とも踊ったよ。フィリップスもラッセルもダンス上手いね。外交官はダンスも必須なのかな？

意外だけど、ベンジャミンもダンスが上手かった。ブライスとも踊ったけど、一番踊りやすかったね。やはり優しいからかも？

体力ないので疲れたから、マーガレット王女と裁縫室で制服に着替えて寮に帰ったよ。

わっ、マーガレット王女の目がキラキラしている。自分の恋は政略結婚だから諦めているけど、恋バナ好きだからね。これから紅茶を飲みながら結果報告だ。

アルバート部長の話に爆笑されたけど、やはり心配そうだった。免職中の子爵家が断れる相手じゃないからね。

「やはり、パーシバルが良いわ。ペイシェンスの能力を認めてくれているもの。アルバートもある意味では認めてくれているし、音楽サロンは私的には評価高いけど……ペイシェンスは未だ決めてないのでしょう」

そう、選択肢が広いのはパーシバルなのだ。きっと錬金術も薬学もさせてくれる。

「でも、カエサルもあるかもね」

それはないと思うけど、マーガレット王女は本当に恋バナ好きだね。

第一六章　春学期のテスト期間

青葉祭が済んだら、期末テストだ。私は行政と法律の修了証書を取る為の猛勉強中だ。覚えることがいっぱいで大変だよ。

その他にも経営学と経済学のレポートもあるし、外交学は何故か私たちのグループはコルドバ王国側になったから、調べるのが大変だ。多分、優秀なフィリップスやラッセルがいるから難しい方にされたんだと思う。

薬草学の座学は五月になってから一、二回授業に出たけど、本当に学生に教科書を読ませるだけだった。だから、教科書に載っている薬草を図書館で調べまくったよ。やはり、この教科書は親切ではなかった。大切なことが書かれてなかったんだ。組み合わせたら効果が出る薬草とか、組み合わせたら絶対に駄目な薬草とか調べたよ。薬草学Ⅰ、薬草学Ⅱ、薬草学Ⅲのテストを受けなくてはいけないのは大変だ。普通の科目ではⅢが合格なら修了証書をもらえるのにね。やはりマキアス先生は意地悪だよ。

マーガレット王女も国語と魔法学の修了証書を取るために猛勉強中だ。美術も真面目に描いたからなんとか修了証書を取れた。歴史と古典は秋学期に修了証書を取るつもりみたい。それと育児学も修了証書を取ると頑張って覚えている。これは簡単そうだね。

秋学期は初めから裁縫の時間を増やすと言っている。裏地も縫わなくてはいけないから、今回みたいにギリギリは避けたいそうだ。だって本当は付ける予定だったフリルやレース飾りも付けてないシンプルなドレスだったからね。お洒落《しゃれ》なマーガレット王女としては不本意だったのだろう。

あっ、講堂の投票はギリギリ音楽クラブが一位だった。二位はグリークラブ。かなり下で三位が演劇クラブ。そして最下位はぶっちぎりでコーラスクラブだ。

「グリークラブの楽曲が音楽クラブの提供だと知っている学生は、こちらに投票したみたいだわ」

マーガレット王女は一位を取れてご機嫌だ。それにしてもコーラスクラブの零落ぶりは激しいね。新入生のほとんどはグリークラブに入ったようだし、勢いが違うもの。私はルイーズを避けることにするよ。難癖つけられるのは御免だもの。

期末テストまでは音楽クラブも錬金術クラブも活動は半停止状態だ。サミュエル、大丈夫かな？　少し不安だけど、わからない所があれば土日に質問するよね？　Bクラスに落ちる成績ではないと思うよ。

私はなんとか経営学のレポートを書き上げた。温室を使って野菜の先物販売をする事業を立ち上げるレポートにしたんだ。ほぼ実践スタイルに似ているね。野菜の値段はエバに聞いたよ。

経済学はそれの延長線上のレポートになった。より高く売れる野菜の調査と、野菜の値段変化をグラフにして示したんだ。これもエバの助けが多かった。エバは仕入れ値段をノートに十何年分も書いているから、それを参考にさせてもらったよ。

その時、転生した頃の食糧の値段が跳ね上がっているのに気づいた。冬が本当に厳しくて北部では凍死者や餓死者も出たそうだ。二度と飢えない為にも食糧の備蓄は頑張るよ。

それと五月は薔薇が満開なんだ。つまり、縁だけピンクの白薔薇や、真ん中が赤い黄色い薔薇、紫色の薔薇、色々な薔薇をハサミで切って持って帰っては家の温室に植えたよ。前からのピンクや赤の薔薇の一部は庭に植え替えた。これらは手入れがおざなりな中でも生き残った丈夫な品種だから、外の庭でも咲き誇ってくれるだろう。

私が考えていたよりも冬の薔薇は高収入だったから、温室の半分は薔薇を植える。ペイシェンスが初めに『薔薇は素敵よ』と言った通りだったね。でも、あの時は飢えていたから、食糧を優先したんだ。

そして今は夏野菜を植えているよ。冬には葉物野菜と薬草と苺だね。

夏休みはどうなるかわからない。去年みたいに夏の離宮に招待されるかもしれない。できたら家で弟たち《エンジェル》と、まったり過ごしたい。裏の畑で作りたい野菜がいっぱいあるし、マギウスのマントの研究やミシンの仕組みも考えたい。それに絵画刺繍を仕上げたいんだ。サティスフォード子爵家からは週に三回も馬術教師を派遣してもらっているからね。ちょこちょこ暇を見つけては刺繍しているけど、半分くらいしかできてない。生活魔法を使っても、細かな色変えが多くて大変だよ。

音楽クラブと錬金術クラブも週に一度ぐらいは顔を出すけど、ほぼ勉強漬けで五月は終わった。期末テストはまぁまぁだった。

経営学と経済学のレポートも出したし、外交学はコルドバ王国の勝利で終わり、微妙な雰囲気になったよ。先生が今度からはグループ分けをすると言ったから、絶対にフィリップスとラッセルは離される。ローレンス王国側を悉《ことごと》く論破して圧勝だったからね。


期末テストの成績発表がある時期になっても、夏休みの予定は立たなかった。

「どうもリチャードお兄様は外国へ行かれるみたいなの。だから、お母様も忙しそうだわ」

ロマノ大学も夏休みがあるから、その期間に次代の王になるリチャード王子に外国を遊学させるのだろう。良いなぁ、外国旅行なんて貧乏なグレンジャー家には縁がないもの。

なんて呑気なことを考えていたら、王宮へ呼び出された。

「きっと夏の離宮へペイシェンスも一緒に行こうと言われるのだわ」

多分、そうだろうな。弟《エンジェル》たちとの夏休みは今年もちょっとだけなのだろうと溜息を押し殺す。

「マーガレット、今年の夏はジェーンも一〇歳になったので、貴女がお手本となって指導しなくてはいけませんよ」

あっ、ジェーン王女は一〇歳になられたんだね。つまり、子守と離れて食事も一緒なんだ。

「ペイシェンス、マーガレットの側仕えで疲れているでしょう。夏休みはゆっくりと過ごしなさい」

これって夏の離宮に行かなくても良いってことだよね。マーガレット王女は文句を言いたそうだけど、ビクトリア王妃様に睨まれて黙った。私は喜びすぎないように、無表情で話を聞いている。

「マーガレットはペイシェンスに甘えすぎだと感じます。夏休みは自分で起きなさい」

わっ、大変そうだよ。

「来年の秋には社交界デビューなのですよ。もっと自覚を持たなくてはいけません」

そっか、社交界デビューってことは大人の仲間入りなんだね。寮から出るのかな？　側仕えも要らなくなるかもね。なんて気楽なことを考えていた。

「ペイシェンスも来年には一三歳になりますね。マーガレットと一緒に社交界デビューしなさい」

えっ、それは無理では？　家は貧乏なんです。キャサリンたちはこの秋に社交界デビューすると教室で騒いでいたから知っている。一四歳でデビューは早い方で、クラスの女学生たちから羨ましがられていた。

あれこれ噂話を聞いたところ一二歳でデビューする人もいるけど、そんな場合は許婚《いいなずけ》とかが決まっていて、その披露としての意味合いが多いみたいだ。お相手の社交界デビューに合わせるのだが、実際はパーティには出席しないと聞いた。

「まぁ、ペイシェンスと一緒なら楽しいわ」

マーガレット王女は喜んでいるが、私はパーティに行くより、錬金術や内職したいよ。

「ペイシェンス、心配しなくても社交界デビューの支度はこちらでします」

ドレスなどは用意してくれるみたいだ。でも、やはり気が進まないよ。それに、父親は免職中なんだし、娘が社交界でちゃらちゃらしていても良いのかな？　なるべく表情に出さないように気をつけていたが、不安そうな顔をしていたようだ。王妃様は微笑んで話を続けられる。

「グレンジャー子爵には苦労をかけましたが、秋には良い知らせが来るでしょう」

えっ、それって何か職に就けるってことなんだろうか？　期待しすぎては駄目だ！　と思っても、やはり期待しちゃうよ。

「マーガレット、来年の秋までになるべく多くの修了証書を取りなさい。パーティは基本的に週末しか出席しませんが、何事も例外がありますからね。ペイシェンスは言わなくても単位は大丈夫でしょう」

週末の弟《エンジェル》たちとの時間がパーティで潰れるの？

「王立学園の勉強の方を優先しますから、社交界シーズンの秋から冬は数回パーティに出席しますが、そんなに多くはありませんよ」

王妃様はくだらないパーティにマーガレット王女を出席させたりしないのだろう。

「夏休み中にジェーンと勉強しなさい」

古典と歴史は集中して勉強すれば、秋学期に修了証書を取れるかもしれない。魔法実技はもう少しだけなのに、今学期は修了証書は取れなかった。

「勉強するならペイシェンスと一緒の方がわかりやすいわ。キースも古典をペイシェンスに教えてもらって理解できるようになったのよ」

あっ、そんなことを言ったら……ああ、王妃様の微笑みが深くなったよ。怖い！

「その甘えた考え方を改めるまで、家庭教師に厳しく指導してもらいましょう」

これは厳しい夏休みになりそうだね。まぁ、でも海で泳いだり、馬に乗ったり、ハノンを弾いたりもできると思うよ。マーガレット王女、頑張って下さい。

第一七章　ナシウスの誕生日

王宮に行ったので、金曜に家に帰れた。その上、卵とかを籠でもらったのでナシウスのバースデーケーキを焼くよ。エバがね。

「お姉様、お帰りなさい」

ナシウスに身長を抜かれそうだ。目の位置が同じなのに狼狽《うろた》えちゃった。

「ナシウス、背が伸びたわね」

「ええ、もうすぐ一〇歳ですから」

笑顔が眩しいよ。ヘンリーも背が伸びているけど、まだ私より低い。キュッと抱きしめる。ああ、ショタコンの至福の時間だよ。

今年の夏休みはずっと一緒に過ごせるんだね！　幸せ！

ナシウスが一〇歳になったら夕食は正装して食べるのだ。服を用意しなくてはね。

「ヘンリー、一人で夕食を食べなくてはいけないけど、大丈夫かしら？」

それがずっと心配だったのだ。異世界は一〇歳未満の子どもに優しくない。

「メアリーが一緒ですから大丈夫です」

できたらヘンリーも一緒に夕食を取りたいけど、貴族の習慣だから仕方ない。

「それにナシウスお兄様もテーブルマナーを学ばないといけませんから」

確かにね。子ども部屋でも行儀よく食べているけど、ヘンリーの元気が溢れている場面を思い出した。五歳とか六歳なら普通だよね。でも、貴族の食卓では駄目なんだよ。

「ヘンリーに言われたくないよ」

ナシウスもこの頃活発になってきた。乗馬訓練や剣術指南を受けているのと、マシューの畑仕事を手伝っているからだ。本の虫だったので、良い傾向だと思う。それとサミュエルの影響もあるのかも？　ぽっちゃりだったけど、乗馬クラブに入って絞られてきたし、土日はちょくちょく家に遊びに来ている。ナシウスは今まで私かヘンリーしか遊び相手がいなかったからね。同じ年頃の男の子と遊ぶのは良いと思うよ。

メアリーとアマリア伯母様からもらった制服のお古を型紙にして、ナシウスのディナージャケットを縫ったんだ。うん、夏休みは制服のシャツもいっぱい縫わなくてはね。ヘンリーや父親の服も縫いたいし、使用人にも何年も服を支給していないから渡したい。

夏休み中は畑も忙しいけど、錬金術クラブの研究も続けたい。魔法陣Ⅱと魔法陣Ⅲを早く取らなきゃ。でも、教科書に載っている魔法陣だけでも、あれこれ作れそう。ミシンの構造も考えなきゃいけないし、マギウスのマントの糸について研究したい。

でも、弟《エンジェル》たちとも過ごしたいな。そういえば、ナシウスもヘンリーも屋敷から出たのは能力検査で教会に行った時だけだよね。箱入り息子だ。どこかにお出かけしたいな。

この異世界にはピクニックとかないのかな？　ああ、魔物がいるんだ。呑気にランチボックスを開いている場合ではないのかも。自分が食べられちゃうもんね。

ナシウスの誕生日は土曜にお祝いをする。日曜は乗馬訓練があるし寮に帰らなきゃいけないせいせいで慌ただしいからね。

正装したナシウスはとても格好良かったよ。やはり私の弟《エンジェル》だけあるね。

前菜は採れたての野菜の上にコールドチキンを薄く切ってのせてある。うん、ジューシーで美味しい。スープはトマトスープだよ。温室で作っているトマトが熟すのを少し魔法で後押しして早めたのだ。メインはTボーンステーキだ。骨つきだから大きく見えるよね。付け合わせはキャベツとじゃがいもの蒸し物だ。

「ナシウス、お誕生日おめでとう！」

デザートは苺をのせたバースデーケーキだ。苺を少し露地栽培していたんだ。それに生クリームも綺麗にデコレーションされている。蠟燭も細いのを一〇本作ったよ。

「さぁ、願い事をして蠟燭の火を吹き消すのよ」

ナシウスは真剣な顔をして、火を吹き消した。何を願っているのだろう？

「お姉様、とても美味しいです」

ナシウスも嬉しそうだ。良かった。ヘンリーは夢中で食べているね。可愛いよ。

「ナシウスも年が明けたら王立学園に通うのだな」

珍しく父親が口を開いた。質問したら答えてくれるけど、自分から会話することはあまりない。あっ、もしかして就職するのかな？　期待して父親の次の言葉を待っていたけど、ケーキを黙って食べているだけだ。秋から働くようなことをビクトリア王妃様は仰《おっしゃ》っていたから、もう何か知らせはあるはずなんだけど？

ナシウスは子ども部屋から卒業だ。勉強はヘンリーと一緒に子ども部屋でするけど、寝るのは自分の部屋でだ。ナシウスへの誕生日プレゼントはベッドサイドランプだ。ヘンリーみたいに口に出して怖がったりしなかったけど一応ね。大丈夫なら消して寝るでしょう。

応接室でハノンの練習をして過ごした。今日ぐらいは内職も忘れて楽しむよ。

久々に弟《エンジェル》たちとのんびり過ごしていたけど、何か忘れているような……あっ、アルバートとパーシバルの縁談だ。これって放置していたら自然消滅しないかな？　いや、勝手に話が進んだら困るよ。夕食後に父親と話し合う必要がある。今は子ども部屋で弟《エンジェル》たちとゲームして遊んでいるんだもん。これもバーンズ商会で売り出してもらおう！

私って弟《エンジェル》たちを目の前にすると、大切なことも後回しにしてしまう悪い癖がある。ショタコンだから仕方ないんだけど、子ども部屋までワイヤットが呼びに来た。かなり急いでいるんだね。普通は子ども部屋に来ないもの。

「お嬢様、バーンズ商会から沢山書類が届いています。これは急ぎではないのですか？」

あっ、洗濯機、冷凍庫、冷蔵庫、冷風機、アイスクリームメーカー、アイロン、ヘアアイロン、自転車、スライムクッション、縫わないでくっつく糊。ほとんどは錬金術クラブで特許申請したけど、縫わない糊はカエサル部長が、私が作ったのだと名義を外して、私名義で申請したのだ。配合とか手伝ってもらったのにと抗議したけど「家政科の材料なんか私たちに思いつきはしない」と笑って却下されたんだよね。

錬金術クラブで取った特許料は、クラブに一割、発案者に三割、魔法陣の作成者に三割、あとの三割をメンバーで分ける。私は、ほとんどの特許の発案者になっている。魔法陣はカエサル部長が多いけど、アーサーやベンジャミンも作っていた。

「書類を書斎にお持ちします」

夕食後で良いんじゃないかな？　弟《エンジェル》たちとリバーシして遊んでいたんだけど……うん、駄目そうだね。ワイヤットの微笑みは一歩も引かない感じだ。

書斎で書類に署名をする。いっぱいあるから、読むのが大変だよ。ワイヤットが事前にチェックしてくれているけど、一応は読むよ。署名したら自分の責任になるからね。

「ペイシェンス、沢山の魔道具を作ったのだな」

父親も署名する前に書類を読んでいるから、何を作ったのか知っている。

「ええ、でも私はこんな物があれば便利だと言っただけです。魔法陣はカエサル部長やベンジャミン様が考えて作られたのです」

本当に魔法陣を早く学ばないといけないな。他人任せだもの。

「だが、自転車や縫わない糊とやらは、魔道具ではないのだろう？」

「ええ、魔石は必要ありませんわ。ローレンス王国の魔石は高いですから、なるべく魔石を使わない道具を作りたいのです」

父親も署名が済んだので、これで書斎を出ても良いのだが、縁談について話しておかないといけない。だって、何も事情を知らなかったら、ラフォーレ公爵家からの縁談を父親が受けてしまうかもしれない。普通に考えたら玉の輿《こし》だからね。

「ええと、少し時間をよろしいでしょうか？」

こんな時、母親が生きていてくれたら相談しやすいのに。グッスン！

「良いが、何かな？」

うん、とっても言い出しにくい。意気地なしなので、先に社交界デビューの話からする。きっと王妃様の手紙で知っているだろう。そこから縁談の話に持っていく作戦だ。

「王妃様がマーガレット王女様を来年の秋に社交界デビューさせると仰いました。そして、私も一緒にデビューするようにと仰ったのです」

うん、父親は手紙で知っていたみたいだ。頷いて先を促される。

「実は……音楽クラブの部長のアルバート・ラフォーレ様との縁談があるかもしれません。父親のラフォーレ公爵が私の音楽の才能を気に入られたからです。それと、パーシバル様から外交官のパートナーになってほしいと言われました。モンテラシードの伯母様に縁談を進めてくれるように頼むそうです」

父親は驚いているようだ。そして、かなり考えてから口を開いた。

「ペイシェンスはどうしたいのだ？」

えっ、私が選んで良いの？　勝手にアルバートと婚約させられるのは嫌だったけど、断って良いのかわからないよ。

「音楽は好きですが、それだけに縛られるのは……。パーシバル様はとても容姿が優れておられるので、横に並ぶ勇気が出ません」

真剣に答えたのに父親に笑われた。酷いよ！

「まだ、ペイシェンスに縁談は早いな」

それより、ラフォーレ公爵家からの縁談を断れるのか？　断って良いのか？　それが問題なんだよ。

「パーシバル様はラフォーレ公爵家の縁談の盾になって良いと言われたのです。ロマノ大学に行って、何をしたいか考える選択肢の一つに外交官の妻も加えてほしいと言われました」

パーシバルの言葉を聞いて、父親は頷いた。ロマノ大学に行ってから進路を考えたら良いと言っていた路線に沿っているからだ。

「パーシバルのことが好きなのか？」

そんなことを聞かれても困るよ。嫌いじゃないし、好きだけど……結婚したいかはわからない。ある意味でアルバートと同じなんだよね。音楽好きの変人だけど、嫌いじゃない。でも、結婚したいかと聞かれたら、違う。うん、半歩パーシバルがリードかな？　こんなこと、パーシバルに憧れている女学生たちに聞かれたら、何様なんだって罵倒されるよ。そこがネックなんだよね。

「嫌いではありませんし、好きですが、結婚したい好きかどうかはわかりません」

父親は黙って頷いた。何かアドバイスとかはないんだね。ガッカリだよ。


日曜は午後から乗馬教師が来る。サミュエルも来たので、期末テストについて聞いてみる。大丈夫だとは思うけど、少し心配だったんだ。

「国語や魔法学は合格だと思う。古典、歴史、数学もまぁまぁできた。音楽は修了証書をもらったし、魔法実技と美術とダンスは合格をもらった。体育も合格をもらった学生より良いと思うのだが、合格できなかった。多分、カスバート先生は乗馬クラブが嫌いなのだろう。クラスで一番運動神経が良いダニエルですら合格していない」

大体は想像通りだけど、体育はねぇ。騎士クラブの顧問だったカスバート先生は、騒動で迷惑を被った乗馬クラブや魔法クラブを逆に恨んでいるようだ。あの先生は大問題だよ。

なんて考えていたら、サミュエルから夏休みについて聞かれた。

「ペイシェンスは、今年は夏の離宮に行かないのか？」

何故、そんなことを聞くのかな？　リリアナ伯母様に尋ねるように言われたのだろうか？

「今年は家で夏休みを過ごすつもりよ」と答えたら、パッと笑う。わっ、可愛いじゃん！

「なら、ナシウスとヘンリーも一緒にノースコート領に来ないか？」

えっ、親戚の家に誘われたよ。家の畑仕事もしたいけど、弟《エンジェル》たちにロマノの外も見せてあげたい。悩むなぁ。

「でも、ヘンリーは七歳だから一緒に食事もできないし……」

ナシウスは一〇歳だから良いけど、他所の家でヘンリーだけ別行動なのは可哀想だよ。

「私も一〇歳までロマノでは食事は別だったが、領地では夕食以外は一緒だった。ヘンリーも夕食の席にはつけないが、他は一緒で良いと母上も言われたのだ」

なら家と同じだとも言える。ううん、どうしよう？　なんて悩んでいたら、聞いていたのかヘンリーが自分で答える。

「お姉様、私は行きたいです！」

目をキラキラさせているよ。お姉ちゃん、お願い攻撃に弱いのを知っているな。

「お姉様、ヘンリーの面倒は私が見ますから、連れていって下さい」

ナシウス、初めから行くならヘンリーも一緒のつもりだよ。断るか、行くか悩んでいたんだ。夏休みは畑仕事や錬金術の研究をするつもりだったからね。

「お父様に相談してから返事をしますわ」

こんな場合は便利な言葉だよねなんて、呑気にしていたら攻撃されたよ。

「ノースコート領には海もあるから、ナシウスやヘンリーに泳ぎ方を教えてやるよ」

わっ、二人の目がキラキラしている。海を見たことないもんね。サミュエルも策士だ。

私より弟《エンジェル》たちを堕《お》とす方が簡単なのを知っているんだ。

あっ、ヘンリーが父親の籠もっている書斎に向かって駆け出した。止めても無駄だよね。

だって、私が弟《エンジェル》たちに海を見せてあげたいと思っているんだもの。

父親も許可したので、今年の夏休みはノースコート伯爵領で過ごすことになった。なら乗馬なんかしている場合じゃないのに、サミュエルは許してくれない。温室や裏の畑の野菜を魔法で育てて、次の野菜を植えて出かけたいんだよ。

まぁ、月曜に成績発表があったら夏休みだから、その後で良いか。あっ、ヘンリーの服も縫わなきゃいけない。ナシウスのは誕生日だから新しく縫ったけど、ヘンリーのは窮屈になっている。

メアリーにノースコート領へ行く話をしたら、やはりヘンリーの服を縫わなくてはと慌てていた。末っ子はいつも後回しで可哀想だ。うん、前世では末っ子だったから姉のお古が回ってくるのが嫌だったんだ。普段着は新しいのを買ってくれたけど、ピアノの発表会の服とかはお古だった。あっ、振袖もお古だったな。ヘンリーにも新《さら》の服を縫ってあげよう！

寮に着いたら、部屋の扉の下に薬草学のマキアス先生からの手紙が挟んであった。

「終業式の日に職員室に来るようにか……薬草のお金かな？」

バーンズ商会のお金はワイヤットに受け取り拒否されているので貯《た》めている。私とナシウスはロマノ大学の奨学金をご褒美としてもらっているけど、ヘンリーはないからそれに充てるつもりなんだ。王立学園を卒業して騎士団に入りたいと言うならそれで良いけど、ロマノ大学で学んでから入団したいと考えるかもしれないからね。

だから薬草の代金は純粋なお小遣いにするつもりだ。ノースコート領に行くから弟《エンジェル》たちにもお小遣いを渡すよ。ペイシェンスもだけど、自分でお金を使ったことがないからね。何かお土産を買うとか、良い機会だから弟《エンジェル》たちにも体験させたいんだ。

そんなことを考えていたら、マーガレット王女が寮に来られた。ゾフィーに紅茶を淹れてもらって話すけど、お疲れのようだ。

「ペイシェンス、夏の離宮に来ない？　貴女から来たいと言えば、お母様も拒否はされないわ。女官は起こすのが下手なのよ」

わぁ、かなり王妃様に絞られたのだな。朝、なかなか起きないのを厳しく叱られたようだ。

「申し訳ありません。今年の夏休みは親戚の家に弟たちと行くことになったのです」

マーガレット王女はがっかりした様子だけど、弟《エンジェル》たちとの夏休みは楽しみなんだよね。

サミュエルも乗馬をさせたがる以外は可愛いしね。

「その親戚って、もしかしてサミュエルなの？　ノースコート伯爵領は夏の離宮の近くのはずよ」

海があるとサミュエルも言っていたし、地図を思い出したら、夏の離宮の近くだよ。嫌な予感しかしないから答えたくない。

「ええ、でも弟《エンジェル》たちも一緒ですから」

やんわりとお断りしておく。マーガレット王女が微笑む。

「確か、上の弟はジェーンと同じ年で、下の弟はマーカスと同じ年だったわよね。お母様は私にジェーンのお手本になれと仰るけど、あのお転婆娘の世話なんかできないわ。弟たちを連れて遊びにいらっしゃいよ」

困った。ヘビに睨まれたカエルの気分だよ。でも、ジェーン王女は活発で本の虫のナシウスとは合わない気がするんだ。弟《エンジェル》たちの為にも頑張るよ。あっ、良いことを思いついた。

「ナシウスは本の虫なのです。活発なジェーン王女の遊び相手には不向きですわ。従姪《いとこめい》のアンジェラ・サティスフォードも同じ年で、乗馬訓練を熱心にしています」

マーガレット王女は少し考えて頷く。

「そうね、では夏の離宮にサミュエルや弟たちやアンジェラを連れて遊びにいらっしゃい。サミュエルとはキースも一緒に勉強したから喜ぶと思うわ。リチャード兄上がいらっしゃらないから、キースはジェーンとマーカスしか遊び相手がいないのよ。お母様に伝えておくわ」

まぁ、これで馬術教師を派遣してくれているラシーヌには恩返しができたことになるかな？　アンジェラは乗馬が好きではなさそうだけど、音楽は好きだからマーガレット王女に引き合わせても良いと思っていたんだ。確か、サティスフォード領も夏の離宮の近くだったはずだよ。

離宮に一回ぐらい遊びに行く程度だと思って、気楽に頷いた私は馬鹿だったよ。マーガレット王女の側仕えをして、王妃様に会うのにも慣れてしまっていた。大騒ぎになっちゃうのだけど、この時はそこまで考えが及んでいなかったんだよね。

第一八章　春学期も終わり

次の日のホームルーム、相変わらずカスバート先生はやる気なし。男子学生で乗馬クラブのラッセルとかは体育で苦労しているみたい。連絡事項もプリントを配ってお終いだ。担任替えてほしいよ。

「成績発表を見に行きましょう」

マーガレット王女に誘われたけど、クラスの全員が成績発表を見に行くよ。もうAクラスから落ちる心配をしている学生はいないけど、単位制だから秋学期の時間割とか考えなきゃいけないからね。

相変わらず個人情報は守られていない。私は薬草学Ⅰ、Ⅱ、Ⅲの結果を先にチェックする。やったぁ！　合格だ。つまり下級薬師の試験を受けられるね！

「ペイシェンス、薬草学と行政と法律の修了証書を取ったのね」

マーガレット王女も好成績だ。

「マーガレット様も美術と国語と魔法学と育児学の修了証書、おめでとうございます」

育児学の修了証書は多くの女学生が取っていた。これは社交界デビューする令嬢が単位を取りやすくする科目だね。

「秋学期には古典と歴史とマナーⅢと魔法実技の修了証書を取るつもりよ」

マナーⅢは簡単に取れるだろう。魔法実技の制御はあと少しだから大丈夫じゃないかな？

「マーガレット様、凄く頑張っておられますね」

古典も歴史も好成績だ。家政数学はまぁまぁだね。

「ペイシェンスこそ、ほぼ満点じゃないの？　あら、外交学Ⅰは合格ね。まぁ、経営学Ⅰも経済学Ⅰも地理Ⅰも世界史Ⅰも合格じゃない」

あっ、本当だ。秋学期から外交学Ⅱ、経営学Ⅱ、経済学Ⅱ、地理Ⅱ、世界史Ⅱを取らなきゃね。

「ペイシェンスも合格をもらったのだな」

ラッセルに話しかけられて、掲示板を見直すと、ラッセルとフィリップスも同じ科目が合格だった。

「ペイシェンス嬢、世界史は修了証書用のテストを受けないと修了証書はもらえないみたいですよ。私は、世界史はゆっくりと学びたいので受けませんけどね」

遺跡巡りが趣味のフィリップスは歴史ラブだからね。なんて話していたら、女学生のピンク色の視線を引き連れてパーシバルがやってきた。

「ペイシェンス様、素晴らしい成績ですね。一緒の授業が受けられないのは寂しいですが、追いついてみせますよ」

わぁ、女学生の視線が痛い。マーガレット王女が嬉しそうに目で笑っている。自分の恋愛は諦めているのに恋バナ大好きだからだ。

「パーシバル様、本当に文官コースを取られるのですね」

パーシバルは騎士クラブの試合で優勝するぐらいなのに勿体《もったい》ない気がする。

「ええ、一緒に外交官を目指しましょう。そういえば、夏休みはノースコート領で過ごされると聞きました。私も隣のモラン領で過ごしますからお会いできますね」

きゃー、視線で殺されるなら死んでいるね。バンバン突き刺さるよ。

「ええ、パーシバル様とは親戚ですから、お会いする機会もあるでしょう」

親戚アピールしておくよ。なんとなく圧が減ったよ。親戚だからチビに声をかけたんだと納得したみたいだ。やれやれ。

パーシバルは去る時も格好良いね。後ろ姿を女学生の視線が追いかけているよ。

「ペイシェンスはパーシバル様と親戚なのか？」

ラッセルに聞かれたよ。珍しく様付けだ。

「ええ、再従兄弟になります」と簡単に答えておく。

「あの人は自分から女学生に声をかけたりされないから驚いたよ」

まぁ、パーシバルなら自分から声をかけなくても寄ってきそうだよね。

マーガレット王女に断って、初等科の成績発表の方に移動する。

「サミュエルの成績は……良かった！　国語と魔法学と美術とダンスと魔法実技は合格ね！　あとは古典と歴史と数学だけど、まぁまぁだわ」

上の下あたりの成績を取っている。これならAクラスから落ちることはないと安心していたら、キース王子に捕まった。

「ペイシェンス、見たか？　古典と歴史を合格して、秋学期からは三年生なのだ」

サミュエルの成績が心配で初等科の成績掲示板の前に来ていたけど、キース王子の成績は見てなかった。

「おめでとうございます」とお祝いを言っておく。古典の合格は本当に良かった。土曜を二回も潰したんだからね。

うん、ラルフは実力発揮の成績だし、ヒューゴも頑張っている。キース王子が三年になるならとクラス全体が頑張ったようだね。何人かは一緒に三年になるんだろうな。なんて呑気なことを考えていた私はルイーズのことを忘れていた。

「ペイシェンス様は外交官になられるのですか？　外国で病気になられなければ良いですけど」

真正面から負の感情をルイーズにぶつけられたよ。呪詛《じゅそ》に近い言霊だ。光の魔法を賜ったはずなのに闇の魔法の間違いじゃないかなってくらいの悪感情だ。

「まぁ、ご親切にありがとうございます。身体だけは頑丈にできていますから、ご心配いただかなくても結構です」

負の感情なんか、跳ね返しておく。キース王子の前だからルイーズはそれ以上の反撃はしないで引いた。やれやれだ。肩や身体をパンパンと叩《たた》いて言霊の穢《けが》れを落としておく。

「なんだ！　あの無礼な言い方は！」

キース王子が怒っている。人目の多い所で困ったな。

「あっ、マーガレット様から夏の離宮にサミュエルと弟たちを連れて遊びにいらっしゃいと誘われたのですが、よろしいのでしょうか？」

話を逸らしたら、キース王子は食いついた。

「おっ、サミュエルと一緒か！　それは良いな。今年はリチャード兄上がいらっしゃらないから、マーカスしか遊び相手がいないのだ」

良かった、ご機嫌が直ったよ。ラルフとヒューゴもホッとしている。相変わらず学友は大変だね。

「ペイシェンス、美術と家政コースの展示を見に行くわよ」

マーガレット王女に誘われて、美術や裁縫、刺繍、織物などの展示を見に行く。マーガレット王女の絵にはブルーのリボンが付いていた。

「とても素敵な絵ですわ」

お世辞でなくて言える絵だった。まぁ、そうじゃないと修了証書は出ないんだよね。

「ええ、頑張ったもの。さて、刺繍はあちらね」

マーガレット王女の刺繍は丁寧に刺されてブルーのリボンが付いている。

「これなら刺繍は秋学期には刺繍Ⅱも合格できそうですね」

私のは、絵画刺繍だ。勿論、ブルーのリボンもついているよ。人が前に集まっている。

「ペイシェンス、これは素晴らしいわ」

褒めてもらえたよ。うん、とっても大変だったんだ。今しているサティスフォード領の海の絵画刺繍を夏休み中に仕上げたいな。

あっ、カリグラフィー、私のにブルーのリボンが付いている。

「裁縫の展示は見たくない気分よ」

一応は縫えていたけど、本来のデザインとはかけ離れていたからマーガレット王女としては不本意なのだろう。

「でも、シンプルなデザインでもマーガレット様は綺麗でしたよ」

これは本当だ。私は装飾が多いデザインよりシンプルな方が好みだもん。フリフリは趣味じゃないんだ。

「やはりペイシェンスのドレスは素敵だわ。今度、あんな風なドレスを作ってもらいたいわ」

無地のドレスの中で水玉模様のドレスは確かに目立っているね。もう少し背が高ければ、もっと見栄えがするのだけど。

織物は初心者四人の作品全部にブルーのリボンが付いていた。

「まぁ、合格だわ！」

ハンナが驚いていた。私もだよ。

「これだけ織れたら合格ですよ。秋学期からは織物Ⅱを取りなさい。染色もⅡを取らないと柄物は織れないわよ」

ダービー先生が笑っている。嬉しい！　織物Ⅱの展示を見たら柄物になっている。難しそうだけど、楽しみだよ。


ここでマーガレット王女は音楽クラブに向かうというので、少し離れる。私は職員室にマキアス先生から呼び出されているからね。

「やっと来たかい。回復薬代や薬草代がいらないのかと思っていたよ」

相変わらずの口調だけど、机から茶色い封筒を出して渡してくれた。

「これだけだよ。明細は中に入れてあるよ。さっさと受け取りに署名しな。マーベリックの爺《じい》様に見せないとお金をくれないからね」

明細を見て驚いた。だって三四ロームになっていたんだもん。

「こんなにもらって良いのですか？」

ケケケとマキアス先生は魔女のように笑う。

「要らないなら返しておくれ」

私は慌てて署名したよ。弟《エンジェル》たちと分けて一一ロームずつだ。お土産も買いたいけど、魔石を買っても良いな。

「お前さん、下級薬師の試験は受けなくて良いのかい？」

おっと、お金をもらって忘れていたよ。お金に弱いのは私の欠点だね。

「受けたいです！」

私の勢いにマキアス先生は苦笑して、紙を一枚ペラッと渡した。

「下級薬師の試験は年に二回あるよ。まぁ、お前さんなら落ちはしないさ」

夏休み前と冬休み前に試験はある。今から間に合うかな？

「夏休み前の試験に申し込みは間に合いますか？」

ケケケと笑われた。

「間に合うけど、試験代をもらうよ。一ロームだ」

手を出されたので、もらったお金の中から一ローム銀貨を渡す。

「お前さん、小遣いはもらってないのかい？　明日は一〇時から試験だよ。実技と紙の試験があるから復習しておきな」

明日はメアリーに迎えに来てもらう予定だった。

「何時頃に終わりますか？　家からの迎えが来るのです」

一瞬、意味がわからなかったようだ。

「ああ、お前さんは寮生なのか。紙《ペーパー》の試験は一時間だ。薬草の実技はさっさと作れば良いだけだよ」

なら、昼前に迎えに来てもらえば良いね。さて、サミュエルを捕まえて伝言を頼もう。

音楽クラブで春学期の締めくくりがあった。縁談の件があるのでアルバート部長と顔を合わせるのをちょっと意識していたけど、普通に接してくれたのでホッとする。この点はプラス評価なんだよね。まぁ、音楽だけ好きだと言えるかも？

「収穫祭はまた合奏曲をするつもりだ。夏休み中は自分の苦手な楽器の練習をしっかりとするように。あと、新曲を作るのも忘れないこと。では良い夏休みを過ごしたまえ」

あっ、リュートの練習をしなくちゃね。アルバート部長の話は簡単に終わったので、サミュエルに家への手紙を言付ける。

「明日は下級薬師の試験を受けることになったから、お迎えは昼にしてほしいと書いてあるの。執事に渡してくれる？」

サミュエルは「わかった」と受け取ってくれた。

「それより、さっきマーガレット王女が夏の離宮に遊びに来てというようなことを言われたのだが……」

あっ、マーガレット様は外堀から埋めるつもりなんだね。そんなことしないでも遊びに行くつもりだったよ。一度ぐらいはね。

「ええ、ノースコート領で夏休みを過ごすと言ったら、マーガレット王女に夏の離宮に遊びにいらっしゃいと言われたの。そうだわ、リリアナ伯母様とラシーヌ様にも手紙を届けてもらえるかしら？　アンジェラ様も一緒にいらっしゃいと言われたのよ」

こちらは昨夜のうちに書いていた手紙だ。ワイヤットへの走り書きとは違ってちゃんと丁寧に説明をしているよ。

「ああ、そのくらいは良いけど……本当に私も夏の離宮に行くのか？」

「ええ、キース王子もサミュエルが来るのは楽しみだと言っていらしたわ」

サミュエルの顔が真っ赤になった。

「そうなのだ……本当に夏の離宮に行くのだな」

そっか、夏の離宮は王族が公務から離れて寛《くつろ》ぐ場所だから貴族も招待されないと行けない場所だと認識していなかったんだ。

できるだけ行く回数は少なくしたいな。弟《エンジェル》たちと遊びたいんだもん。

マーガレット王女はゾフィーと王宮に帰られたが、私はもう一つのクラブの締めくくりに行く。

「遅いぞ、ペイシェンス。こいつがミハイル・ダンガードだ」

赤毛の髪がクルクルしている初等科三年生だ。去年、初等科二年に飛び級した時に同じクラスだったけど、話したことは一度もない。

「ペイシェンス様が自転車を考えたと聞きました。他の機械も考えておられるのですか？」

わっ、機械いじりが好きだと聞いていた通りだね。

「ええ、布を縫う道具を考えているのですが、なかなか設計図が上手く描けなくて」

ミハイルにミシンの設計図の描きかけを見せて、一緒に考える。

「なるほど、このペダルを踏んで回転運動を軸で繋げて針を上下運動にして、上糸と下糸を絡めて縫い進めれば良いのですね」

あのざっくりとした設計図でよく理解できたね！　ボビンケースとかの図を熱心に見ている。

「ペイシェンス、また何か考えついたのか？」

わぁ、カエサル部長が食いついてきた。他のメンバーも加わってミシンについて話す。

「ミシンができたら衣服が簡単に生産できるぞ！」

確かにその通りなんだよね。今は手縫いだから衣服は高い。布も手織りだし……織機は覚えてないよ。

「そうだ、夏休み中は皆それぞれ領地や避暑地に行くだろうが、クラブハウスを使いたい時はバーンズ商会のパウエルに言えば鍵を貸してもらえるからな。私は七月の終わりにはロマノに帰るつもりだから、それからはほとんどクラブハウスにいる。実験したくなったら来るように」

カエサル部長の錬金術愛には驚くよ。中等科二年A組ってアルバート部長やパーシバルやグリークラブのマークス部長、なかなか濃いメンバーだよね。

「マギウスのマントの研究を少しでも進めておくつもりだ」

そう、それもあったんだ。あれはなかなか一筋縄ではいきそうにない。

「私も刺繍糸について考えてみます。魔法を通す糸でないと、守護の魔法陣が発動しないと思うのです」

そこからはマギウスのマントについて話し合ったが、やはり刺繍糸がネックだとわかっただけだった。魔力が通る糸を見つけるか、作らないといけない。

寮に帰ってから、薬草学と薬学の教科書や調べたノートを読み返した。

「これで落ちたら、もう仕方ないわよね」

できることはやったので、落ち着いて受けようと覚悟を決めた。ただ、マキアス先生は少し捻くれているから、変な問題が出るかもと不安ではあった。

下級薬師試験は中等科三年生の数人と受けた。心配していたが、試験は教科書に載っていた薬草についてと、回復薬の作り方だった。これなら落ちることはないと思う出来だった。

実技試験はヤマをかけていた通り毒消し薬だった。一番作るのが面倒臭いから、マキアス先生が出すんじゃないかなって思っていたんだ。

復習していたから、スムーズに作れたよ。

「できました！」と教壇の横で座っているマキアス先生の所に毒消し薬を持っていく。

「ああ、ペイシェンス。あんたは合格だよ。ほら、下級薬師の免許証だ。これで作れるのは下級回復薬と上級回復薬と毒消し薬。あとは自分のオリジナル薬だが、それは上級薬師の資格を取るまではやめておいた方が良いよ」

少し厚めの紙の免許証に私の名前をサラサラと書いて渡してくれた。

「ありがとうございます」

魔女っぽいマキアス先生だけど、内職はさせてくれたし、下級薬師の免許が取れたのもあの難しい期末試験のお陰だよ。教科書だけだったら不合格だったかもね。

「あんたはロマノ大学に行く気はあるかい？　腕の良い上級薬師になれるよ。それと一度、教会で能力判定をし直してみな。あんたの魔力はかなり変だからね」

そうなんだよね。私の生活魔法はかなり変わっている。でも、金貨一枚は考えちゃうな。

お金にケチなのも私の欠点なんだよね。前世では、そんなにケチじゃなかったと思うんだけどね。

メアリーが迎えに来るまで、持って帰る物の整理をする。着替えとかも一旦は持って帰るし、教科書は置いたままのと持って帰る物に分ける。行政と法律の三年分の教科書はナシウスにあげるつもりだ。あの子はきっと文官コースだと思うからね。経営と経済と地理の教科書も合格したから持って帰る。秋学期には、また履修届を書かなきゃいけない。

メアリーが迎えに来てくれたので、荷物を持ってもらおうとしたが、なんだか様子が変だ。

「お嬢様、ノースコート伯爵夫人とサティスフォード子爵夫人からお手紙が来ています」

ああ、サミュエルが伯母様とラシーヌ様への手紙を渡してくれたんだと手紙を受け取ろうとしたが、メアリーの目が据わっている。

「お嬢様、あちらからの召使いが夏の離宮に行くとかなんとか言っていましたが、それはなんでしょう?」

そういえば、この話は寮に来てからだからメアリーは知らなかったね。

「ああ、マーガレット王女が弟たちとサミュエルやアンジェラを連れて遊びにいらっしゃいと言われたのよ」

メアリーが真っ青になった。

「ヘンリー様やナシウス様の服を何着も縫わなくてはいけませんわ」

ノースコート伯爵家で夏休みを過ごすのだから、新しい服を何着か縫う予定だったが、夏の離宮に行くならそれ相応の服がいるとメアリーが騒ぐ。

「まぁ、一回か二回行く程度だから」

馬車でメアリーを宥《なだ》めながら、手紙を読む。私も弟《エンジェル》たちの服を縫うのを手伝わされるのは確定だから、馬車で移動中に読んでおきたかったんだ。

「ああ、リリアナ伯母様とラシーヌ様が屋敷に来てほしいと言われているわ。サミュエルがちゃんと説明しなかったのかしら？」

ラシーヌの方はアンジェラの件もあるから、一度話しておいた方が良いかもしれないと思ったが、サミュエルは学友も側仕えも狙っていないのに必要ないんじゃないかな？　なんてことをメアリーに言ったら「とんでもない！」と叱られた。

「去年、夏の離宮に招待されたのは、マーガレット王女様の側仕えをしているからです。普通の貴族は呼ばれたりいたしません。だからノースコート伯爵夫人も驚いておられるのでしょう」

やれやれ、マーガレット王女のせいで親戚の屋敷巡りだよ。

今年の夏休みは、弟《エンジェル》たちと一緒にノースコート伯爵領で過ごす。可愛い弟《エンジェル》たちに海を見せてあげられる。浮き浮きと私は、馬車に乗った。
でも、この夏休みが私の人生のターニングポイントになるだなんて、この時の私は知らなかった。

異世界に来たけど、生活魔法しか使えません④／完

あとがき

『異世界に来たけど、生活魔法しか使えません』4巻を読んでいただき、ありがとうございます。

普通のOLが貧しい貴族令嬢のペイシェンス・グレンジャーに転生して、一年と半年。転生直後よりは、食事の量は改善されましたが、まだまだ貧しい生活をなんとかしようと、可愛い弟たちの為に頑張っています。

幸い、餓える事もなく、冬を越せ、春になって浮き浮きのペイシェンスです。マーガレット王女の学友とのいざこざや、キース王子を巻き込んだ騎士クラブの騒動も落ち着き、ホッとしましたね。

4巻では、王立学園の中等科に飛び級したペイシェンスが、勉強や錬金術クラブに入って、わちゃわちゃ楽しむ学園生活がメインになっています。

中等科からは単位制なので、家政コースと文官コース、その上に錬金術や薬師の授業まで履修するので、忙しそう。ちょっと欲張りすぎなのではと、心配になります。

マーガレット王女の側仕えとして、家政コースを選択していますが、有能すぎて修了証書がすぐに出て、困ってしまいます。

文官コースでは、他の男子学生と共に、勉学に励んでいます。ここでは、フィリップスやラッセルという良い友人ができましたね。

問題なのは、魔法使いコース。特に厄介な薬草学の先生。ペイシェンスも苦労します。でも、錬金術クラブに入って、湯たんぽや糸通しなどの製品も作り、少しはお金儲けができそう。

錬金術クラブ、去年の青葉祭は閑古鳥が鳴いていましたが、今年はアイスクリームを作ったり、自転車の試乗をしたりと、盛り上がっています。

青葉祭のダンスシーン、HIROKAZU先生の可愛いペイシェンスとキース王子が素敵ですね。

そして、ペイシェンスに急接近しているパーシバルとアルバート、それに親切すぎるフィリップス、これから恋のシーズンになるのかもしれませんね。

今年の夏休みは弟たちも一緒にノースコートで過ごします。弟たちと海水浴を楽しむのでしょう！

これからも、ペイシェンスと弟たちの物語を楽しんでいただけると幸いです。

梨香

MAG Garden NOVELS

異世界に来たけど、生活魔法しか使えません ④

発行日　2024年7月25日 初版発行

著者 梨香　イラスト HIROKAZU

発行人 保坂嘉弘
発行所 株式会社マッグガーデン
〒102-8019 東京都千代田区五番町6-2
ホーマットホライゾンビル5F
編集 TEL：03-3515-3872　FAX：03-3262-5557
営業 TEL：03-3515-3871　FAX：03-3262-3436
印刷所 株式会社広済堂ネクスト
担当編集 丹羽凪（シュガーフォックス）
装　幀 鈴木佳成（合同会社ピッケル）

ISBN978-4-8000-1468-9 C0093　Printed in Japan

著者へのファンレター・感想等は〒102-8019（株）マッグガーデン気付
「梨香先生」係、「HIROKAZU先生」係までお送りください。